子羊は金曜の食卓で

JN286901

仁賀奈

角川文庫
18244

乾ききった喉《のど》を少しでも潤そうと、コクリと唾《つば》を飲む。

未紘《みひろ》を取り囲んでいるのは、日本を代表する巨大グループの御曹司たちだ。

「……放して……ください……」

瞳《ひとみ》を潤ませながら、怯《おび》えた声で訴えた。だが、未紘の身体を羽交い締めにしている青年が、穏やかな声で拒絶する。

「だめだよ。オレたちがせっかく時間あげたのに、選ばなかったのはキミだよね」

アース系のゆるいコーディネイト姿の青年は、人懐っこい声に似合わぬ威圧感で窘《たしな》めた。そして、未紘の柔らかな胸の膨らみに、手を這《は》わしてくる。

「ん……っ、……い……や、いやっ」

懸命に逃れようとしたが振り払えない。か弱い力しか持たない女の身で、自分よりもずっと背が高く体格のいい男の腕から、逃げられるわけがなかった。

「……無理です……、選べません……」

掠《かす》れた声で、しゃくり上げながら訴える。すると、男の人にしては長めの髪をした中性的な青年が、隣からそっと身を摺《す》り寄せてきた。未紘の頭に手が置かれ、よしよしと宥《なだ》めるように撫《な》でた後、彼は優しく手を摑《つか》む。

「ひどい真似をしてごめんね。……僕のことを選んでくれるなら、今すぐにでも助けてあげられるんだけど。そうしなよ。大事にしてあげるから」

言う通りに縋《すが》れば現状から逃げ出せるだろうか……。

泣きそうになりながら様子をうかがう。彼は薄く笑いながら、かしずくように手の甲に唇を押しつけてきた。柔らかな感触に息を飲む。

呆然《ぼうぜん》としていると、さらには舌を伸ばされ、指の間を舐《な》め始められてしまう。

「この肌の感触、堪《たま》らないな。ゾクゾクする。身体中の隅々まで舐めてあげたくなるよ」

ねっとりと生暖かく濡《ぬ》れた舌の感触に、ゾクリと甘い痺《しび》れが身体の芯《しん》まで走り抜けていく。

「いや……。……は、放して……ください！」

やっぱりだめだ。彼に助けられても、いやらしい行為をされてしまうだけだろう。

未紘がふたたび抗《あらが》いだすと、今度は正面から鋭い声が投げかけられてくる。

「勝手に人の女を所有しようとするな」

黒縁眼鏡をかけたインテリ風の男が、眉間《みけん》に皺《しわ》を寄せて未紘を覗《のぞ》き込んできた。

思わず目を逸《そ》らそうとしたが、長く骨ばった指で顋《あご》を摑まれて、強引に顔をあげさせられる。

「この私が結婚してやると言ってやったのに、袖《そで》にしようとするとはいい度胸だな。こうなったら無理にでも選ばせてやる」

微《かす》かに漂ってくる甘く官能的な香りに、ぶるりと身体が震える。それは洗練された大人の男性の香りだった。

——怖くて。それなのにどうしようもなく心臓が高鳴って、苦しくなってくる。

未紘は、彼ら三人の兄弟からほぼ同時期に結婚を申し込まれていた。しかし、幼少時に変質者に襲われそうになってからは、男性が怖くて堪らない。大人になった今でも、どうしても克服できずにいた。そんな折のプロポーズだった。

自分のような地味で平凡な女を口説かなくても、相手には不自由しないはずの人たちだ。物珍しさに興味を惹《ひ》かれただけで、すぐに飽きられるに違いない。そう思って全員を拒絶しようとしたのだ。しかし彼らは諦《あきら》めてくれなかった。挙句には、三人のうちのひとりを必ず結婚相手にしろと選択を迫ってきたのだ。

「無理ですっ。ごめんなさい。……皆さんが悪いわけでは……」

おろおろとしながら訴える。すると、未紘を羽交い締めにしている青年が、鼻先をうなじに押しつけてきた。柔肌を掠める唇の感触に、息を飲む。

「聞こえなーい。だからやめないよ。……ふふっ。いい匂い」

彼は深く息を吸い込み、未紘の肌の匂いを堪能《たんのう》すると、次第に息を乱し始めた。

「いい匂いなんてしませんからっ。むしろ……汗ばんでいるぐらいで……」

一日中懸命に仕事をした後、三人の男たちに、半ば強引に連れ出されていた。

お願いだから、匂いなんて嗅《か》がないで欲しかった。恥ずかしさに身を捩《よじ》るが、やはり自分を拘束してくる手を振り払えない。

うなじにかかる吐息が熱い。そのことに、いっそう震えてしまいそうになる。

「……は、放してくださいっ」

もう一度訴えたとき、背後からお尻《しり》の辺りにグリッと硬いものが押しつけられた。

「ひ……っ！」

男の中心で硬くなるものなどひとつしかない。とっさに引き攣《つ》った声をあげた。

「オレ、キミの匂い嗅いだだけで、勃《た》ってきちゃうんだよね。堪んないな」

まるで飢えた獣が、今にも襲いかかってきそうな恐怖を感じる。地味で平凡で男性とつき合ったこともない未紘は、性の対象に見られることが、恐ろしくてならない。

「……んっ……ぅ……、き、気のせいですっ！　偶然です。……いや……、いやぁっ」

ガタガタと怯えながら、拒絶の声をあげる。その間にも、正面にいるスーツ姿のインテリが、さらに間合いを詰めてくる。

心なしか息が乱れ、ひどく情欲に満ちた眼差《まなざ》しが向けられていた。

「濡れた声で喘《あえ》がれたら、無理やりにでも抱きたくなるだろう。バカめ。私を煽《あお》っているのか」

低く掠れた声で囁《ささや》いてくる唇に、噛《か》みつくように口づけられた。

「……んっ……、く……ふ……っ」

ゾロリとした熱い舌が口腔《こうこう》に入り込む。ぬるぬるといやらしく絡みつき、舌のつけ根から溢《あふ》れる唾液《だえき》を吸い上げていく。ゾクゾクと身体の芯《しん》から疼《うず》いていくのを止められなかった。男の舌は巧みに未紘の欲望を煽っていく。

「うわっ！　兄さんずるいっ！」

背後から恨みがましげな声が聞こえてくる。だが、口づけは止まらない。未紘は顔を背けることもできず、口腔中を探られ続けていた。

「……ん、んぅ……っ」

身体中からなにかが溢れ出してしまいそうなほど激しい口づけに、未紘は身を委《ゆだ》ねてしまいそうになる。しかし、なすがままになったら、三人の男たちからなにをされるか解らない。

「く……ぅん……っ。だ……め……っ、ふ……ん、ん……」

未紘が懸命に身を捩って逃げようとすると、ギュッと手が掴まれた。

「……!?」

瞳だけをそちらに向けると、蕩《とろ》けてしまいそうなほど恍惚《こうこつ》とした表情を浮かべた美青年が微笑んでくる。そして自分の頬を、未紘の手に摺り寄せてきた。きめ細やかな肌だ。まるで美しく整えられた女性の肌のような感触がする。

「ひどいその男から助けてあげる。だから僕を選んで」

背後から胸を揉《も》みあげられ、正面からは唇を奪われ、手に舌を這わされたり頬擦りされたりして、誰も助けてはくれない状況だ。

この場から逃れるためには、自分自身でなんとかするしかない。

「……選びますっ。……選びましたから、放してください」

泣きそうになりながら訴えると、御曹司たちは未紘に触れていた手を放して、真摯《しんし》な眼差しを向けてくる。

「……じ、実は、私……。他に好きな人が……っ」

とっさに口を吐いて出た嘘に、部屋のなかがシンと静まり返った。

これで諦めてくれただろうか？

やましさに目を泳がせていると、スーツ姿の男が低い声音で尋ねてくる。

「誰だ。……名前を言ってみろ。今すぐその男を社会的に抹殺してやる」

「え？　な、なにを……言ってるんですか？」

正面に立つ男を見上げると、彼はぎらついた双眸《そうぼう》で、見る者すべてが凍りつきそうなほど恐ろしい表情を浮かべていた。ゾッと血の気が引いていく。

「あははは、すっごくムカついた。ねぇねぇ、今すぐ犯して、その好きな男ってヤツに二度と顔向けできない身体にしていい？　いいよね」

背後にいる青年が、子犬のように無邪気な声で、恐ろしいことを言ってのける。

「……手に汗を掻《か》いてる。指先は震えているし、瞬《まばた》きの回数も急に多くなった。……嘘を吐いているんだと思うよ。未紘さんは……」

図星を指され、ギクリと身体が強張《こわば》ってしまう。

「ふうん。……嘘なんだ？　そんなに逃げたかった？」

「そうか。私に嘘を吐くとはいい度胸だ」

背後にいる愛想のよい男と、目の前の眼鏡のインテリの男は薄く笑ってみせた。

口角をあげただけで、瞳《ひとみ》は笑っていない。凄《すご》まれるより恐ろしかった。

「う、う、嘘なんて私……」

「本当に好きな相手がいるなら、どこで出会った相手で、何歳で、どういう職業に就いていて、住んでいる場所はどこなのか……ぐらいのことは、オレたちにすぐに答えられるよね」

身近な人との出会いをもっともらしく語ればよかったのだ。それなのに、嘘を吐きなれていない未紘は、あわあわと挙動不審になってしまう。

「『嘘なんて私』の続きは『吐いています』でいいのかな？」

中性的で髪の長い男性が、首を傾げながら尋ねてきた。

「い、いえ……、違っ……」

オロオロとしている間にも、三人の男たちは無言で未紘の着ている服に手をかけてきた。袷《あわせ》が逆の女ものだというのに、彼らは器用にブラウスのボタンやスカートのホックを外し始める。

「あ、あの……っ。な、な、なにをなさっているんですかっ」

このままでは肌がすべて見えてしまう。彼らの前で、裸を晒《さら》すことになる。

「嘘を吐いた仕置きだ。……身体の相性で決めさせてやる。……誰を夫にするのかを私たちに抱かれながら選ぶがいい」

すべて悪い夢だと思いたかった。しかし、彼らの肌の温《ぬく》もりや息や、押さえつけてくる力が、すべて現実なのだと思い知らせてくる。

スカートが引きずりおろされて、三人がかりで足を開かされると、未紘のむっちりとした色白の太腿《ふともも》と、薄ベージュ色をしたショーツが露《あら》わになった。

「相変わらず色気のない下着だな」

呆《あき》れたように眼鏡をかけた不遜《ふそん》な男が呟《つぶや》く。

「もっとかわいいヤツ、好きなだけ買ってあげるから、今穿《は》いているの汚していい？」

続いて背後から甘えた声で尋ねられた。

未紘は下着の代えなど持っていない。汚されては、なにも穿かずに帰らなければならなくなる。

「……汚さ……ないで……っ、だ、だめっ……」

懸命に拒絶した。だが、優しい面立ちの中性的な男に、ショーツの薄い布地のうえから、媚《び》肉《ぬく》の割れ目を擦《こす》りつけられ始めてしまう。

「だめって言ってるけど、……もう濡《ぬ》れてるみたいだね」

卑猥《ひわい》な蜜《みつ》が、ショーツの奥から滲《にじ》み出していた。恥ずかしさに顔から火を噴きそうになる。

「……し、知りません……」

泣きそうになりながら首を横に振っていると、背後から愉《たの》しげな声が聞こえた。

「オレたちに抱かれるって思っただけで興奮したんだ？　やらしーの、未紘」

向かいに立つスーツ姿の男が勝ち誇ったように笑う。

「私のキスに感じたんだろう。お前の夫は決まったのも同然だな」

綺麗《きれい》な指が、ショーツ越しに陰部を包み込み、割れ目をなんども擦りつけてくる。

「かわいい。こんなに濡れてるってことは、僕に抱いて欲しくなった？」

「ん、……んぅ……」

先ほどと同じ男にふたたび唇が塞《ふさ》がれ、背後から胸を揉みしだかれて、同時に秘部を擦られていく。

「はぁ……、は……ふ……っ、は、放し……はぁ……、はぁ……、やぁ……」

すべてを兼ね備えた最上級の男たちに逃げ道を塞がれた未紘は、狼を前にした子羊のように、ガタガタと震えるしかなかった。

＊＊　＊＊　＊＊

――きっかけは、一カ月ほど前の木曜のことだ。

「暑く、ないですか？」

十月に入り、エアコンの出番はすっかりなくなっていた。

今日久しぶりにスイッチを入れたのは、薄着の自分とは違い、客人がきっちりとスーツを着込んでいたからだ。

「お気づかいありがとう。私のことはおかまいなく」

とつぜんアパートを訪れてきた男は、涼しそうな顔をして、先ほど出した熱い緑茶を啜《すす》っている。

「いえ……、それならいいんですが……」

二十七年の人生のなかで、これほどまでに緊張したことはない。

正座した膝《ひざ》のうえで組んだ手が、じっとりと濡れてしまっている。

ちゃぶ台の上に目をやると、受け取ったばかりの名刺があった。

——小さな白い紙には、『総理大臣　伊勢知《いせち》長嗣《ながつぐ》』と書かれている。

伊勢知は六つボタンのダブルのスーツを品よく着こなしていた。髪はきっちりと纏《まと》めていてサイドに白髪が混じっている。日本人にしては彫の深く、太めの眉《まゆ》と、絶えず微笑みを湛《たた》えた細い瞳が印象的で、少し厚めの唇といった顔立ちだ。五十六歳という年齢にしては痩《や》せていて、無駄な贅肉《ぜいにく》が一切ない。

彼の使っている整髪剤は、どこか懐かしい甘めの香りがした。品の良い物腰、そして、穏やかな口調。紛れもなくテレビで幾度も目にした姿そのものだ。

彼は堂々とした態度で、ちゃぶ台の向かい側に鎮座していた。

安普請で六畳二間と狭い台所しかないボロアパートには不釣合い過ぎる。未紘は客を迎えた家主という立場だというのに、恐縮しきってしまう。

目を泳がせると、台所の窓に黒い影が並んでいるのが見えた。アパートの通路にいるスーツ姿の男たちの姿が映っているせいだ。

あれが噂に聞いたことのある総理大臣の要人警護（SP）なのだろう。彼らの存在が伊勢知の存在感とアパートとの違和感を大きくしていることは間違いない。

「お忙しいところ、わざわざお越しくださりありがとうございました。亡くなった母も、きっと喜んでくれていると思います……」

今日は病気で早逝した母、川内早苗《かわうちさなえ》の四十九日の法要だった。

親戚《しんせき》は遠くに住んでいる叔母《おば》の家族しかいない。葬式のときに足を運んでもらったばかりだ。二ヵ月も経たない間に、東京まで呼び寄せるのは躊躇《ためら》われて、今日の法要はひとりで営むことにした。

法要は粛々と済ませることができた。

母が亡くなった日に、涙は涸《か》れ果ててしまったのか、今はもうなにも出てこない。

悲しい気持ちも、嬉《うれ》しい気持ちも、腹立たしい気持ちも、なにひとつ浮かばなかった。

今はただぼんやりと、寝て起きてご飯を食べ仕事をし、繰り返し日々を生きているだけだ。

一年前にはとつぜんの事故で父が早逝し、母と未紘は声を立てて笑うことがなくなった。そうして後を追うように母が病気で亡くなり、アパートのなかは静まり返っている。去年までは質素ながらに温かい食事が三人分並んでいたちゃぶ台には、自分の食器だけ。どんな料理を作っても、砂を噛《か》むように味気ない。

なにをする気も起きず、毎日黙々と働いていた。しかし法要の間、微笑む母の写真を見ていると、このままではいけないと思えてきたのだ。淋《さび》しさは拭《ぬぐ》えない。ひとりきりの不安に押しつぶされそうな気持ちも変わらない。

それでも少しでも前向きになりたいと考えて、未紘は気持ちに区切りをつけるために、今まで後回しにしていた遺品の整理を始めた。

母のものだけではなく、父のものも手つかずにしていた。衣類、携帯電話、鞄《かばん》、ネクタイ、アルバム……、初めは黙々と片づけていたが、ふいに嗚咽《おえつ》が込み上げ、涙が零《こぼ》れそうになる。

——そこに、前触れもなく彼はやってきたのだ。

「大きくなったね。未紘ちゃん」

微笑みかけてくる伊勢知を前に、未紘は薄く唇を開いたまま立ち尽くした。

相手は部屋を間違えて来たのだろうか。最初に浮かんだのは、そんな考えだ。しかし、今目の前の男は確かに、『未紘ちゃん』と自分の名前を呼んでいた。

「ああ。名乗るのが先だったね。……伊勢知といいます」

「……し、……知っています……」

成人した社会人ともなれば、現総理大臣の顔と名前ぐらいは知っている。

「それはよかった。『知らない』と言われていたら、危うく若い女性の家に押しかけてきた不審者になってしまうところだった」

伊勢知は冗談を言って、肩をすくめてみせる。

話に聞けば、伊勢知と母の早苗は保育園からの幼馴染《おさななじみ》だったらしい。小中高校すべて同じ学校だと聞かされたときには、耳を疑った。

幼馴染が総理大臣に就任したのなら、話に聞いていてもおかしくない。だが、早苗の口から伊勢知の名を聞いたことは一度もなかった。

母はなぜ彼のことを教えてくれなかったのだろうか？

こっそり伊勢知をうかがう。彼は仏壇に飾ってある母の写真を、とても愛《いと》おしそうに見つめていた。横から声をかけるのも躊躇われるぐらいだ。

もしかして学生時代に、つき合っていた相手なのだろうか。そんな突拍子もない考えが浮かんでくる。もし、その考えが正しければ、母が子供相手に話題に出したくなかった気持ちも、頷《うなず》ける気がする。

伊勢知が最初にかけてきた言葉は「大きくなったね」

つまり、未紘が生まれてから、会ったことがあるということだ。

ますます食い入るように横顔をじっと見つめていると、彼は未紘の視線に気づいたらしく、はにかんだような笑みを向けてきた。

「私の顔になにかついているのかな」

「……い、いえ……」

いくらなんでも、初めて会う男性相手に、「うちの母とつき合っていたんですか」などと聞くのは不躾《ぶしつけ》だろう。

伊勢知は線香をあげた後、未紘に「話がある」と言った。その後、一向に本題に入ろうとしない。彼の言葉を待って、未紘は緊張から滲《にじ》む汗を拭うばかりだ。

「お茶のお代わり……淹《い》れますね」

未紘が、立ち上がろうとしたとき、伊勢知はおもむろに口を開いた。

「お茶は結構だよ。それより川内未紘ちゃん。私と、結婚してくれませんか」

＊＊　＊＊　＊＊

今朝目覚めたとき、昨日のことは夢なのではないかと思った。

しかし、ちゃぶ台のうえには前日片づけ忘れた名刺が置かれたままで、仏壇の前には伊勢知が用意した菓子折りが供えられている。

母が好きな両国《りょうごく》にある和菓子屋の羊羹《ようかん》。丁寧に練った羊羹は、舌触りも風味もよく、母となんども一緒に食べたものだ。

父が営業先から戻る途中に、お土産に買って帰ってくれたことが羊羹を知ったきっかけだったはずだ。

学生時代では、母がこの羊羹を好物だと知ることはできない。

母の早苗は、やはり結婚後も伊勢知と会っていたのだろうか？　だとすれば、どんな理由で？　疑問ばかりが頭を巡った。もしも母の早苗と伊勢知が過去につき合っていたとしても、娘である未紘に結婚を申し込む意図が解らない。

伊勢知は総理大臣就任前から、ニュースを賑《にぎ》わしている存在だった。報道の内容を鵜《う》呑《の》みにするなら、本妻は深夜に家の階段から落ちて死亡しているはずだ。その後、再婚はせず、愛人が産んだ子も引き取って、三人の息子を育て上げているらしい。

日本有数のグループ企業の総裁だったが、ある日突然、議員に立候補し、瞬く間に総理大臣へと上り詰めた。

最初の選挙での彼の演説は、今でも記憶に残っている。

『私が議員になったあかつきには、はした金の賄賂《わいろ》を受け取り、市民の役に立たない事業に税金をつぎ込むようなハイエナにはならないとお約束します』

確かに、伊勢知の実家である伊勢知グループは陰で日本を支配していると噂されている巨額の富を生み出している。伊勢知を誘惑できるほど賄賂を贈れる人間など存在しないだろう。そして彼は瞬く間に政党での実権を握り、総理大臣になり、実業家としての手腕を存分に発揮した。

人心を掌握し説き伏せる説得力、無駄な経費の削減、後ろ盾を必要とせずに党内で賛同者を確保するという前人未到の偉業を成し遂げた伊勢知に、不可能なことなどなかった。

彼が総理大臣に任命されてから景気は上向き、日本の先行きは明るくなったといえる。まさに向かうところ敵なしという、完全無欠の男だ。しかし、その伊勢知総理大臣は、なぜか幼馴染の娘に求婚するという不可解極まりない行動に出ている。

テレビ番組のいたずらだろうか？

ふと脳裏に浮かんだ臆測《おくそく》は、すぐに『そんな可能性はない』という結論に至った。総理大臣という立場上、民営放送局に手を貸して、くだらないことで人をからかうわけがない。そんなことをすれば、世間からバッシングを浴びるのは必至だ。リスクをおかしてまで行う理由がない。

「それに……冗談を言っているようには、見えなかったけど……」

混乱している間に、職場に辿《たど》り着き、着替えるためにロッカールームに向かう。

考えれば考えるほど溜息《ためいき》が漏れる。

一晩眠れば、少しは混乱も収まるかもしれない。そう思っていたが、やはり狐につままれたような気分からは、抜け出せなかった。

「川内先輩」

背後から甲高い声で名前が呼ばれる。声の主は柴本《しばもと》亜衣《あい》という名の後輩だ。

彼女はいつもオフィスに不釣合いな華美すぎる恰好《かっこう》に、数メートル先まで漂うほど香水を振りまき、パソコンが打てないほどのつけ爪にマニキュアを塗っている。

部長の姪《めい》という縁故入社のため、課長は叱ることもできずにいて、彼女のやり残した仕事はすべて未紘が代わって片づけることが、暗黙のうちに決まってしまっている。

未紘は短大を卒業後に入社した中小企業の総務を七年続けていた。

結婚退社が多いこの会社では、まだ二十七歳という年齢だというのに、すっかり都合のいいお局様扱いだ。

「私、ご相談したいことがあって。一緒に食事でもどうですか？」

柴本がマスカラでコーティングされたつけ睫毛《まつげ》をしばたたかせながら、黒目がちの潤んだ瞳《ひとみ》で、じっと見つめてくる。嫌な予感しかしない。未紘がどうやって断ろうかと考えていると、直属の上司である課長が口を挟んでくる。

「川内、かわいい後輩が悩んでいるんだから、話ぐらい聞いてやれ」

「……はい」

本当にこれが相談ならば、話を聞く心つもりぐらいはある。だが柴本は少し手の込んだ仕事になると、すぐに根をあげて人に手伝いを頼んでいる。けっして仕事について悩みがあるようには見えない。それでもむげに断ることもできなかった。

「わあ、よかった。ありがとうございます」

愛想のいい笑みを浮かべながら礼を言う柴本に、なぜか課長が得意げに言い返す。

「悩みがあったら、なんでも聞いていいから」

「はい。皆さん、頼りになるので、いつも助かっています」

柴本はいつも感心するほど上司たちの扱いに長《た》けていた。うらやましいぐらいだが、真似できる気はしない。

「川内先輩、急に無理を言ってすみません。それじゃ、また夕方に」

もしかしたら、本当に仕事について悩みがあるのかも知れない。釈然としないものの無理に自分を納得させて、仕事をこなすうちに定時の夕方になる。しかし柴本は、ロッカールームの鏡の前に陣取って、念入りに化粧を続けていた。

「どこかに寄るの？　えと……忙しいなら、また今度にする？」

手持無沙汰《てもちぶさた》で待ち続けていたが、思わずそう尋ねてしまう。

「もう少しだけ待ってください。すみません。私、支度が遅くって」

これなら準備ができるまでの間、少しでも仕事をしていた方がいいのではないかと思えてくる。

「先輩はそのままでいいんですか？」

「え？　ええ……」

元よりパウダーをはたいて、リップを塗る程度の化粧しかしていない。

「先輩は肌が綺麗《きれい》ですもんね。うらやましいな」

女のお世辞で『肌が綺麗』とは、他に褒めるところがないという意味だ。

確かに柴本からすれば、地味な顔つきのうえに、分厚い眼鏡をかけて着飾ろうともしない未紘は、女としてどうしようもない部類なのだろう。

そうして結局、三十分以上待たされることになり、柴本とともに退社した。

「ところで相談って？」

柴本に尋ねようとしたとき、会社からほど近いイタリアンレストランの前で、数人の男女が手を振ってくる姿が見えた。

「亜衣おそーいっ。なにしてたの」

「ごめんね。無理に先輩に来てもらえるようにお願いしていたから」

その言い方では未紘に問題があったようにしか聞こえない。だが、実際のところ、念入りに化粧直しをして時間を食っていたのは柴本だ。

未紘は彼女の準備が整うのを、待たされていただけだ。

わざわざ訂正するのも大人げないため、未紘は黙っていることにした。

「へえ、……この人が噂の先輩？　えーと、真面目そうな人だね」

そこに集まった面々をみて、騙《だま》されて連れてこられたことに気づく。どうやら合コンの人数合わせに呼ばれたらしい。

亜衣の友達は、彼女によく似た華やかで女性らしい子ばかりだ。対して未紘は、ストールを巻いているだけで、ブラウスにタイトスカート、ヒールの低い靴を履き、肩まである黒髪をアップにした姿だ。スクエアの銀縁眼鏡をかけ、申し訳程度にしか化粧も施していない。年齢は見るからに彼らよりも上だ。完全に浮いてしまっている。

「うん。いつもお世話になってるから、たまには羽目を外してもらおうと思って。先輩、驚かせてごめんなさい。でもたまにはこうして、一緒に飲むのもいいと思いません？」

驚かせたことよりも、嘘を吐いたことを謝罪すべきではないのだろうか。

「そう。……気を遣わせて悪いわね」

内心気落ちしながら溜息交じりで答えると、柴本は笑い返して来る。

「いいんですよ。楽しんでくださいね、先輩」

どうやら、未紘にとってありがた迷惑な一連の行動は、柴本にとって善意のつもりらしかった。

合コンには男性がひとりだけ遅れて来るらしく、女性が多い状況で先に始めることになった。

目的の店は大理石の螺旋《らせん》階段を降りたビルの地下にあり、ナポリの港町をイメージした造りになっている。人数が多いせいか、パーテーションや観葉植物で区切られた半個室になった席へと案内された。

「適当に好きなものを頼んでシェアしたらいいかな。先に飲み物を……」

そこからは、完全に孤立した状況だ。あまりテレビを見ることもなく、最近の流行も解らず、取り立てて趣味もない未紘と、初めて会った若い面々では、なにひとつ会話が成立せず、黙々と料理を食べることになった。

ひとり黙っているだけで場の空気を乱していることは解るのだが、席を立って先に帰るわけにもいかない。そんなことをすれば、いっそう空気が悪くなるだろう。

未紘が隅の席でぼんやりとしていると、そこにひとりの青年がやってくる。

「悪い。遅れた」

襟足が長めの黒髪をくしゃっと跳ねさせ、アースカラーのジャケットにラフなカーゴパンツを穿《は》いた姿をしている。凛々《りり》しい眉《まゆ》と高い鼻梁《びりょう》、微笑みを湛《たた》えた唇。表情豊かに笑い首を傾げる姿は、とても愛想がよくて、人懐っこい性格であることをうかがわせた。

爽《さわ》やかな好青年の登場に、飲み会に来ている女の子たちが、みんな目を輝かせる。

「遅いっすよ。衛太《えいた》先輩が今日の飲み会をセッティングしろって言ったんすから」

その後の話から、どうやら彼はここに集まっている男の子たちの、大学時代のバスケ部OBだということが窺《うかが》えた。男性陣のなかでは、ただひとり年上らしいのだが、笑顔ひとつで周りと溶け込んでいくのが見えた。

「悪い悪い。仕事が立て込んでたんだ」

衛太と呼ばれた青年は頭を掻《か》きながら、未紘の斜め横に座った。

「お誕生席になんて座らないで、どうぞ、こっち来てください」

中央辺りに彼のためにあけられていた空席がある。柴本がそこに衛太を座らせようと声をかけてくる。

「うん？　オレ、ここが好きだから気にしないで」

そう答えながら、衛太はなぜか未紘をじっと見つめてきた。

「料理、おいしい？」

このイタリアンレストランにやって来たのは、上司のおごりで課の全員と来たとき以来で二度目だったが、どの料理もとてもおいしいものばかりだ。

「ええ」

戸惑いながらも頷《うなず》くと、衛太はさらに尋ねてくる。

「どれが気に入った？　ついでにイマイチだと思ったものも教えてよ」

追加注文になにをするか考えているのだろうか？　そう思いながら未紘は答える。

「白身魚のカルパッチョ……、でもサラダ水菜が前に来た時よりも、新鮮さがなくなっているような？……オーブン料理も焼きムラがあるみたいだし、今日は忙しいのかも」

未紘の話を聞くと、衛太はオーブンを使ったナポリ風茄子《なす》のグラタンや、ラザーニャなどをじっと見つめ、味を確かめるようにひとつずつ口に入れていく。

「これは、ソースのかけ方が悪いだけで、オーブンが悪いわけじゃないな。基本的なことなのに、バイトにでもやらせたのか？　まったくなにをやってるんだ。サラダ水菜は……ん……、ごめん。ちょっと待ってて」

衛太は来たばかりだというのに、席を立つとふらりとどこかに行ってしまう。

すると、柴本が向かいの席に座る男の子に、目を輝かせながら尋ねる。

「衛太先輩って、あんなにカッコいいのに彼女いないの？」

「いないって聞いたぜ？　そのうえあの若さで、いくつもの店を仕切ってるって噂だけど、詳しいことは教えてくれないんだよな」

テーブルは、衛太の噂話で持ちきりだった。本人のいない席であれやこれやと話すことは好きではないため、未紘は失礼して化粧室に立つ。

こうして、外で食事をするのは久しぶりだった。

周りにいる人とあまり話をすることはできていないが、ひとりきりで味気ない食事をするよりも、おいしかった気もする。とはいえ、こういった席に参加するのは、できればもう遠慮したい。

しばらく経ってから未紘が席に戻ろうとすると、座席を仕切るために並べてある観葉植物の向こうから、合コンに集まっている彼らの声が聞こえてくる。

「それにしてもさ。お前の先輩なんだよ。あれ。かわいいって言うから期待してたのに」

一番ノリの良かった男の子の声が聞こえてくる。かなり不満げな様子だ。

どうやら衛太の話が一段落して、今度は未紘の話になっているらしい。

「なんかこう、あの服装見てると、うちの親思い出すんだけど」

「そうそう、嫁《い》き遅れの女教師とかも、あんな感じだったよな」

確かに騙されるようにして連れて来られたが、もしも飲み会だと知っていても、未紘は今と大して変わらない恰好《かっこう》をしていただろう。

幼い頃から男性は苦手だった。これからも関わるつもりはない。女を捨てていることは自覚しているので、なにを言われても構わないが、さすがに席に戻りづらい雰囲気だ。

「そう？　先輩かわいいと思うけどなぁ。……なんか、『男の人なんてつき合ったことありません』って感じ」

「ああっ、解る。処女っぽい！」

「誰か口説いて確かめてみろよ」

「でも処女って遊ぶには面倒だろ？　なんかああいうタイプ。彼女面して尽くしてきた挙句に思いつめて、いきなり刺してきそうで無理」

彼らが未紘の性体験の話を持ち出していることに気づき、真っ赤になって俯《うつむ》いた。

確かに彼らの言う通り、未紘は今までに一度も、男性とつき合ったことはなかった。

それは過去にあった恐ろしい体験のせいだ。

未紘は男の人を前にすると、幼い頃の記憶が蘇《よみがえ》り、身体が震えだしてしまう。

恋人同士としてつき合うなんて、想像すらできない。

居たたまれなくて、席に戻ることもできずに俯いていると、ふいに後ろから声をかけられた。

「こんなところでなにしてんの？　席に戻ろうよ」

驚いた未紘は、ギクリと身体を強張《こわば》らせる。振り返ると、衛太が山盛りのデザートの大皿を手に立っていた。

「あ、あの……。私そろそろ……」

不釣合いな場所に居座っても、周りに迷惑をかけるだけだ。今なら空気も悪くならないし伝言も残せる。未紘は先に帰ろうとした。だが、いきなり手を掴《つか》まれてしまう。

「オレ、来たところだし、もう少し話さない？　ほら、行こうよ」

力強さに、ゾッと血の気が引いた。

「いやっ！」

とっさに振り払うと、衛太は驚いた様子で謝罪してくる。

「ごめんっ！　いきなり手を掴んだから、驚いちゃった？」

彼の表情を見ていると、未紘は過剰に反応してしまったことが申し訳なくなってくる。

「……いえ。私の方こそすみません……」

「悪いのはオレなんだから気にしなくていいって。謝らないでよ。それよりデザートもらってきたから、一緒に食べよう？」

結局衛太に押し切られてしまい、未紘は帰るタイミングを失ってしまう。

席に戻ると、皆がデザートの盛られた大皿に驚いて声をあげる。

「衛太先輩。それどうしたんっすか」

「間違って出した食材があったらしくて、お詫《わ》びにもらったんだ」

どうやら先ほどのサラダ水菜のことらしい。しかし、普通なら、それぐらいのことで、デザートの大皿など用意されない気がする。

未紘が怪訝《けげん》に思っていると、他の女の子たちが感嘆の声をあげる。

「わぁ、おいしそう」

真っ白な大皿にはフランボワーズ、オレンジ、ピスタチオ、ハチミツ、ストロベリー、ミルク、チョコレートなどの色鮮やかなジェラートやティラミス、さっくり焼いたメレンゲやフィンガービスケット、アマレッティなどが綺麗《きれい》に盛りつけられていた。

「キミ、アイスは好き？」

衛太に笑顔で尋ねられて、未紘がコクリと頷く。甘いものは好きだった。ダイエットしようとしても、おいしそうなスイーツを見ると、ついつい食べてしまう。

「そう。それはよかった」

彼はフランボワーズのアイスをスプーンですくって差し出してくる。

「はい。あーんして」

無邪気な笑みを浮かべて食べさせてくれようとしているが、未紘は真っ赤になって硬直してしまう。

「いいなぁ。私も衛太先輩に食べさせて欲しい」

「私も」

柴本や隣の席の女の子が、口々にそう言って羨《うらや》んでくる。

「ごめんね。オレ、特別な子にしか、こういうことしないんだ」

衛太の言葉に、場の全員がどっと湧き立つ。しかし未紘だけが困惑したまま俯いていた。彼は冗談のつもりらしいが、未紘はからかわれるのは苦手だった。

「……あれ？　オレの手からじゃ、食べたくない？」

テーブルに座っているみんなの視線がこちらに集まっていた。先ほど、衛太の手を振り払ってしまったばかりの未紘は、これ以上彼を傷つけるわけにもいかず、震えながらも唇を開く。ひとくち食べれば、この場は収まる。下手に嫌がっても、余計に注目されるだけだ。

「はい、どうぞ」

冷たい感触が口腔《こうこう》に差し込まれ、アイスがするりと舌のうえに置かれる。甘酸っぱくて冷たいジェラートの味が、口いっぱいに広がっていく。しかし、頬が熱くなってしまって、泣きそうなぐらい恥ずかしかった。

こんな風に、他人にものを食べさせられたのは、生まれて初めてだ。

「おいしい？」

尋ねられるままにコクコクと頷くと、衛太はそのスプーンを使って、同じジェラートを掬《すく》ってみせる。

「じゃあ、オレも食べよっと」

「え……」

そのままでは間接キスになってしまうというのに、衛太はなんの躊躇《ちゅうちょ》もなかった。

「これいいな」

フランボワーズのジェラートに舌鼓みを打って、ついでにメレンゲを齧《かじ》り、満面に笑みを浮かべてみせる。

「うん。悪くない。さっすがオレの店」

――その場にいた全員が、絶句した瞬間だった。

「ほら、みんなも食べなよ。あれ？　どうしたんだよ。目を丸くして」

どうやら衛太が数々の飲食店を持っているという噂は、本当だったらしい。

サラダ水菜が少し新鮮ではなかったぐらいで、デザートの大皿が出てきたのも、彼がオーナーだったからなのだろう。

「衛太先輩。その若さで店を持っているなんて、すごいですね」

そこからは、衛太に話が集中してしまい、彼に取り立てて質問のない未紘は、目の前で喋《しゃべ》っている彼に耳を傾けるだけだった。

エスプレッソを飲んで店を出た後、未紘は柴本に耳打ちをして、ひとり先に帰ることを許してもらった。

「そうですか。じゃあ先輩。また月曜に」

衛太の興味を少しでも引きたい柴本は、先ほど彼に構われていた未紘を引き留めるような真似をせず、笑顔で手を振ってくる。

「おやすみ」

彼らに背を向けると、未紘は地下鉄に向かった。思わずじっと手を見つめる。

温かい感触を思い出すと、心臓がドキドキしてしまう。男性に触れたのは、父が亡くなって以来、初めてだ。

「はぁ……」

二度と会うことのない相手とはいえ、申し訳なさについ溜息《ためいき》が出る。なにも関係ない人を傷つけるつもりはなかった。しかし、とっさに触れられると、どうしても過剰に反応してしまう。

会社から家は、比較的近くにある。数駅ほど過ぎると目的地に到着したため、地下鉄を出て、小さなアパートに向かう。

未紘が住んでいるアパートは、永田町《ながたちょう》付近にある。大きなビルに阻まれていて、まったく陽が射さない。

ひとつだけある利点は国会議事堂や首相官邸、議員会館などが建っている地域で、夜間でも警察が巡回しており、帰りが遅くなっても安心して歩くことができることだ。

未紘は男性が苦手だ。間近で話しかけられただけで、震え出してしまいそうになる。

だから中高校もエスカレーター式の女子校に通い、付属の短大へと進んだ。

実は、先日の伊勢知が訪れてきた際にも、緊張の汗がとまらなかった。部屋にふたりきりでいたことを思い出すだけで、落ち着かない気分になるぐらいだ。

未紘が男性嫌いになった原因は、五歳の頃の記憶にある。両親は共働きで毎日遅くまでアパートに帰って来なかったため、未紘はいつも公園に出てひとりきりで遊んでいた。

——そこに見知らぬ男がやってきたのだ。

『遊んであげるよ』

見知らぬ人に声をかけられてもついていってはいけないと、きつく言い聞かされていた。しかし穏やかそうな笑みを湛《たた》えた男は、一緒にいてくれると言っただけだ。

だから、問題はない気がしたのだ。

最初は、砂場や滑り台で楽しく遊んでいただけだった。だが、男は土管のトンネルを抜けようとする未紘の身体を、後ろからいきなり抱きしめて、手を這《は》わし始めたのだ。

『かわいいね。……それに、すごくいい匂いがする』

男の鼻先が首筋に擦《こす》りつけられると、熱く乱れた息が伝わってきて、未紘はきょとんと首を傾げた。

『……どうして、わたしにさわるの？』

シャツごしに、胸やお腹を撫《な》でられたとき、ようやく男がおかしいということに気づいた。

『いやっ、はなして！』

泣きじゃくっても男は放してはくれず、太腿《ふともも》のみならず、パンツのうえからお尻《しり》まで触り始めたのだ。

『いや、いやっ。こわいよ。……おかあさんっ！　おとうさんっ』

恐怖に喉《のど》を引き攣《つ》らせながらも、懸命に声をあげると、通りがかった少年が、助けを呼んでくれた。

『誰かっ、女の子を助けてあげてっ！　変なおじさんがいる』

未紘の身体にいたずらをしていた男は慌てて逃げだし、少年のおかげでことなきを得た。だが、今でも襲われた感触は、生々しく肌に残っていた。

身体に触れてくる、男の大きな手、息遣い、匂い。そして別人のように掠《かす》れた声。なにもかも気持ち悪くて、それから未紘は男の人に近寄れなくなってしまった。元より臆病《おくびょう》な性格で、職場でも男性とは目も合わさないようにしているため、恋すらしたことがなく、気がつけば二十七歳になっていた。

過去の話だ。もう忘れなければ。なんども自分に言い聞かせてきた。だが今も頻繁に、悪夢として夜中に記憶がなんども蘇《よみがえ》っては、未紘の心を苛《さいな》み続けている。

幼い頃の恐ろしい出来事を思い出していると、目の前の夜道がとたんに怖くなった。

「早く帰ろう……」

とつぜん強い風が吹き抜けて、ぶるりと身体を震わせる。

数カ月前までは、アパートに帰れば、灯《あか》りがついていて、部屋もちょうど過ごしやすい温度に保たれていた。迎えてくれる人がいたからだ。

しかし今はアパートに帰るたびに真っ暗で、冬にでもなれば身を震わせるほどの寒さに凍えながらエアコンを入れることになるだろう。

「……猫でも飼おうかな」

肌寒さに、思わず呟《つぶや》いた後、いっそうひとりきりだと思い知ってしまう。

ふと脳裏を過《よぎ》ったのは、総理大臣伊勢知長嗣からのプロポーズだ。

「結婚したら……、ひとりじゃない？」

未紘は慌てて、頭を横に振り、その考えを払拭《ふっしょく》した。

「私ったら……」

男性と接することができないのに、誰かに傍にいて欲しいからと、好きでもない相手に縋《すが》ろうとするなんて間違っている。しかも相手の意図すら掴《つか》めていないのに。

昨日、伊勢知は帰り際に、『気が向いたら電話して欲しい』と言って、個人的な連絡先を置いて帰って行った。母との関係や、未紘に結婚を申し込んだ理由が知りたい。しかし、未紘には知らない男性と会う約束をする勇気がなかった。

「きっと、結婚を申し込んだのも、気まぐれだろうし……」

国会議事堂は目と鼻の先にあるが、伊勢知とは住む世界が違う。未紘が躊躇しているうちに、伊勢知も幼馴染《おさななじみ》の娘に、プロポーズしたことなどきっと忘れるだろう。

「……考えるのは、もうよそう……」

大変な一日だった。アパートを見るなり、どっと疲れが襲ってくる。

早めにお風呂《ふろ》に入って寝てしまおうと考え、古い鉄の階段をのぼろうとしたとき、背後から聞き覚えのある声が聞こえた。

「へえ。こんなところに住んでるんだ？　思ってたより、小さいね」

振り返ると、先ほど柴本たちと二次会へと向かったはずの衛太が、真後ろに立っている。

「……ひ……っ」

未紘は驚きのあまり悲鳴をあげそうになるのを、寸前で堪《こら》えた。

「ひっどいなあ。まるで幽霊にでも出会ったみたいな声出して。……あ、そうか。会ったばかりなんだから、跡をつけてきたストーカーとしか思えないよね。ごめん、ごめん」

彼は申し訳なさそうに詫《わ》びると、ポケットから名刺入れを取り出し、一枚抜いて未紘に差し出してくる。

「川内未紘ちゃんだよね？　はい。これがオレの名刺」

フルネームを告げていないはずなのに、いきなり名を呼ばれた。未紘は当惑して彼を見つめる。だが疑問は、すぐに解き明かされることになった。

名刺には『伊勢知グループ　プロフーモ取締役　伊勢知衛太』と書かれていたからだ。

「あなたは……もしかして」

恐る恐る尋ねる。すると、彼は申し訳なさそうに頭を掻《か》きながら苦笑いを浮かべた。

「そう。キミにプロポーズした男の息子だよ。ごめんね。うちの親父が急にバカなこと言って」

どうやら彼は伊勢知総理大臣の息子だったらしい。伊勢知は旧財閥系の、日本を代表する巨大グループだ。彼の息子ならば若くして数々の店を持っていても不思議ではない。

「一度キミのお母さんに会ってみたかったんだけど、……残念だったね」

「いえ……あの……」

どうして伊勢知の息子が、母の早苗に会いたかったのだろうか？

未紘は戸惑いながら、衛太をうかがう。すると、彼は心ここに非ずといった様子で、アパートの階段を見上げていた。

「このアパートがなにか？」

不思議に思って尋ねると、彼は途端に人懐っこい笑みを浮かべた。

「ごめん。少し考えごとをしてた。……実は今日、キミに会ってみたくて、あのコンパをセッティングしてもらったんだよね」

「……私に……ですか？」

衛太のような人間が、未紘に構ってくることが不思議だったのだが、どうやら理由があってのことだったらしい。

きっと衛太は、父親が自分と同じ年頃の娘にプロポーズしたことを知って、相手を探りに来たのかもしれない。

「安心してください。その話は、ちゃんとお断りするつもりなので」

ひとりきりの淋《さび》しさに、いっそ求婚を受けてしまおうか……と、わずかでも不謹慎なことを考えていたのは、黙っておいた。

「それが、断ったぐらいじゃすまなくなっているんだよね」

衛太は肩をすくめて溜息《ためいき》を吐く。

「どうしてうちの親父がいきなり結婚を申し込んだか……とか、実は色々訳があって。キミとゆっくり話をしたいんだけど、一緒に来てくれないかな。こんな時間じゃ、ひとり暮らしの女の子の部屋にあがるわけにもいかないし……。それはいやだよね？」

もう夜更けだ。彼の言うように男性を部屋に迎え入れることは躊躇《ためら》われた。

もしも昼間だったとしても、未紘は彼とふたりきりになるのなら、部屋に招かなかっただろう。

「ええ……」

昨日は総理大臣がいきなりSPを連れて、ぞろぞろと狭いアパートを訪れてきたため、驚きのあまり入れてしまった。だが、普段の未紘なら、見知らぬ男の人を家に入れる勇気はない。

「じゃあ、近くでお茶の飲めるところに、一緒に行ってもらえる？」

「……わかりました。近くなら大丈夫です」

「助かるよ。ありがとう」

店はあまりない地域だ。近くにどこかお茶の飲めるところなどあっただろうか。

そんなことを考えていると、一台のリムジンがやって来て、静かにふたりの脇に横づけされる。

「乗って？　夜道を女の子に歩かせるわけにはいかないから」

運転手が降りてきて、ドアを開いてくれるが、未紘はぶるぶると首を横に振った。

「……いえ。歩いて行きますから」

「いいから、いいから。こんなところで騒いでると、近所迷惑だよ」

「でもっ」

懸命に拒絶しようとするが、結局は強引に車内へと押し込まれてしまう。

「わざわざ車で、どこに行くんですか……」

リムジンの隅に座って、泣きそうになりながら尋ねる。すると、衛太はクスリと笑ってみせた。

「うん？　ホテルだよ」

「……っ！」

未紘は恐怖のあまり卒倒してしまいそうだった。

衛太の返答に真っ青になっていると、彼はいきなり吹きだし、腹を抱えて笑い出した。

「もしかして、オレが襲うとでも思ってる？　ぜったいにないから安心してよ」

考えてみれば、衛太のようにすべてを兼ね備えた男性なら、女性たちが放ってはおかないだろう。わざわざ地味でさえない未紘をどうこうしようとするわけがなかった。

「すみません」

申し訳なさに謝罪すると、彼は首を傾げて尋ねてくる。

「変なこと聞くけど、もしかして……男に怖い目に遭わされたことがある？」

未紘は俯《うつむ》いたまま、なにも答えられなかった。あんな恥ずかしいことは、誰にも話したくなかったからだ。

「……うん。そっか。じゃあオレに無理やり車に乗せられて怖かったよね。ごめん。でも、本当に大丈夫だから安心してよ」

根掘り葉掘り聞かれるのではないかと身構えていたのだが、衛太は意外にもそれ以上は尋ねようとしなかった。それどころか、わざわざリムジンの未紘からいちばん遠い席に座って、手をあげてみせる。

「オレはなにもしないって誓うよ。どうしても心配なら、着くまで縛りつけてくれてもいいけど？」

強引に車に乗せられてしまったことで身構えたが、今は衛太がなにかするとは思っていなかった。

「もう大丈夫ですから……」

無理に笑ってみせようとすると、衛太は少し考えた後、未紘に話しかけてくる。

「……ん……。じゃあとっておきの、いいこと教えてあげるよ。実はオレ、勃起《ぼっき》不全（ＥＤ）気味なところがあって、女の子に長い時間舐《な》めてもらわないと、勃《た》たないんだ。だから襲おうと思っても物理的に無理だから」

衛太は笑顔のまま、あっけらかんとした様子で言った。

「そ、そんなこと知りたくありませんっ」

真っ赤になって言い返すと、彼は不思議そうに首を傾げる。

「ええ⁉　だめ？　これを聞いたら安心してくれると思ったのになあ。……あ、他の人に言わないでくれる？　実はけっこう本気で悩んでるんだよね」

自嘲《じちょう》気味に笑う姿を見ていると、反対に申し訳なさが湧き上がってくる。

衛太は、未紘が怯《おび》えていることに気づいて、自分の悩みを打ち明けてまで落ち着かせてくれようとしたらしい。

「……ごめんなさい。誰にも言いませんし、あなたのことも、ちゃんと信用しますから」

深刻な話を聞かされても、やはり男の人は怖くて、近くに行くことは躊躇われた。だが、身体の震えをとめることはできた。未紘の返答を聞いた衛太は、きょとんとした表情を浮かべた後、気恥ずかしげに笑ってみせる。

「うん。ありがとう。そう言ってもらえると助かる。……実はこんな話、人にしたのは初めてなんだけど……。初対面の相手になに言ってんだろう、オレ……」

彼はガシガシと自分の髪を乱しながら、小さく息を吐いた。

「私が、怯えているのを見て、気を遣ってくださったんですよね？」

衛太は朗らかで優しそうな男の人だ。普段は女の人に警戒されることはないだろう。怯える未紘を見て、彼は勝手がわからずに動揺してしまったのかもしれない。

「自分で言うのもなんだけど、そんな優しいヤツじゃないと思うよ？」

「……そうですか？」

未紘が首を傾げてじっと見つめると、彼は気恥ずかしげに窓の外に顔を向けた。

「ごめん。あんまり見ないでくれる？　なんだろ。キミのがうつったのか、オレまで緊張してきちゃったよ」

しばらくして、リムジンは都内にある五つ星ホテルのロビー前へと到着する。白を基調に金糸で飾られたお仕着せを纏《まと》ったドアマンたちに出迎えられ、ふたりは車を降りた。

全面ガラス張りの玄関をくぐると、豪壮なヨーロピアン風の吹き抜けのロビーがあり、正面には白い大理石の大階段が見えた。ドアマンは、ふたりをエレベーターへと案内してくれる。未紘は、自分が完全に浮いてしまっている気がしてならない。反して衛太は、ラフな恰好《かっこう》をしているというのに堂々としていて、ここにいることに対する違和感など欠片《かけら》もなかった。

「もしかして、こういうところ苦手？」

苦手も何も、未紘がこういったホテルのロビーに足を踏み入れたのは、生まれて初めてだ。比較をしたこともない。

「他には聞かせられない話もあるから、ここで我慢してくれると助かるんだけど」

確かに、総理大臣からプロポーズされた話など、ファミレスやカフェで気軽に話せる内容ではない。

「ここで、平気です……」

緊張に身体を強張《こわば》らせながらも、未紘は了解した。

「ラウンジまで頼むよ」

衛太は未紘を連れてエレベーターに乗り込むと、ホテルのスタッフに声をかける。

「六十五階ですね。かしこまりました」

スタッフが扉を閉める前に辺りを確認していると、男の人にしては少し長めの栗色の髪をした青年が優雅な足取りで滑り込んできた。

リネン素材で襟にワイヤーの入ったトレンチコートに、品のいいストールを巻き、シャツに濃デニムを穿《は》いた姿だ。線が細くどこか中性的な色気があり、人の視線を引き寄せる雰囲気を持っている。

「六十五階」

どうやら青年も同じ階に向かうらしかった。だが、彼は先に乗り込んでいた未紘たちに気づくなり、まるで害虫でも見つけたように顔を顰《しか》めてみせる。

どうして初対面の相手に、そのような眼差《まなざ》しを向けられるのだろうか？

未紘がおろおろとしていると、後ろから衛太が声をかけてくる。

「ねえ、未紘ちゃん。高いところは好き？　一緒に外を見よう。いい景色だよ」

このホテルのエレベーターは外が見えるようになっているらしく、煌《きら》びやかな夜景を見渡すことができた。

「綺麗《きれい》ですけど……、少し怖いですね」

ジェットコースターは浮遊感が苦手だったが、それほど高いところに恐怖を感じたことはない。しかし、さすがにこの高さから見下ろすと、足が震えてしまいそうになる。

「そう？　オレ、高いところ大好きだけどな。よかったら、今度一緒にスカイダイビングしようよ。嫌なこともぜんぶ忘れてスカッとするよ」

スカイダイビングはヘリで高度何千メートルにまでのぼり、さらに自由落下でパラシュートを開くスポーツだ。

もちろん万一事故でパラシュートが開かなかったら、人は死んでしまう。

そんな恐ろしいことを、自ら望んでやりたいだなんて思えるわけがない。

「む、む、無理ですっ」

泣きそうになりながら拒絶すると、エレベーターに同乗した青年が、チラリとこちらに視線を向けてくる。

「……やめておいたら？　事故にみせかけて、そいつに殺されるかもしれない」

物騒な忠告をしてくる青年に、衛太は笑顔を返す。

「そんなことするわけないよ。……陸《りく》兄さんじゃあるまいし」

衛太が言い返したとき、ちょうど目的の階に到着した。扉が開く短い間に、エレベーターのなかの空気が凍りついた気がした。

「兄さんって……」

「ああ、ごめんね。この人、実はオレの兄貴なんだ」

確か伊勢知長嗣には三人の息子がいたはずだ。そのうちのひとりが、エレベーターに同乗してきた陸という青年だったらしい。

しかし陸と衛太は、兄弟というには首を傾げるほど、仲が悪そうにみえる。

「そう……なんですか」

エレベーターを降りてラウンジへと案内される途中、衛太は陸を紹介してくれた。

「この人は下の兄貴だよ。……母違いでね。うちに引き取られたんだけど、性格が最悪で、困ってるんだよね。まったくいい年した大人なんだから少しは考えて欲しいよ」

衛太は今までの和やかな雰囲気が嘘のように、陸を鋭い眼差しで睨《にら》みつけていた。

「人のやることにいちいち難癖をつけていたら、どんな相手でも気に入らなくなるのは当然じゃないかな」

すると、陸は鼻でせせら笑ってみせる。

「……なんだと、この野郎っ！」

衛太が声を荒らげたとき、スタッフはラウンジの別室の前で立ち止まった。

「……ご案内させていただいてもよろしいですか？」

淡々とした口調で尋ねられると、衛太は大人げなく激昂《げっこう》してしまったことに気づいたらしく、気まずそうに顔を顰めた。

「いいよ。……こんなところで騒いで悪かった」

衛太は自分の非を認めて、謝罪を口にする。

「いいえ。こちらこそ配慮がいたらず申し訳ございません。それでは、お声かけさせていただきます」

軽く扉をノックする音が、静かな廊下に響いた。

「陸様と衛太様がご到着です」

「通せ」

部屋には先客がいたらしく、腰に響くようなテノールが耳に届く。

「噂の彼女を連れて来たよ」

衛太はまだ不機嫌な様子だったが、無理やり心を落ち着かせようとしているのか口角をあげて楽しげな声をつくってみせる。

「エレベーターで偶然、衛太たちに会ったんだ。思ったよりも早く揃ったね」

部屋のなかには、漆黒のレザー張りのソファーセットがあり、窓の外には煌めく夜景が広がっていた。そして、中央のソファーには、黒縁の眼鏡をかけた男が座っていて、訝《いぶか》しげにこちらを見上げてくる。彼はダークグレーのアメリカントラッドのスーツを着て、落ち着いたグリーンのネクタイを締めていた。

眉間《みけん》には深い皺《しわ》を刻んでいて、すっとした鼻筋に意志の強そうな眉《まゆ》と険しい眼差しが印象的だ。不機嫌そうに閉ざされた唇は、どこか色気を感じさせる。

三人三様にとても整った人目を引く容姿をした男たちに囲まれ、未紘は落ち着かない気分で彼らを見つめた。

「川内未紘……。川内早苗の娘だな？」

初対面のはずなのに、積年恨んでいた相手を見つけたような声で、男が尋ねてくる。

「……え、ええ。……そうですが……」

恐る恐る頷《うなず》くと、青年は立ち上がって、自分の名刺を差し出す。

――名刺には『伊勢知グループ　ヴォーチェ取締役　伊勢知隆義《たかよし》』と書かれていた。

「私は、伊勢知グループの旅客、アミューズメント、ホテル系列を担当している伊勢知隆義だ。よろしく」

いきなり礼儀正しく挨拶《あいさつ》され手を差し伸べられる。怖そうな相手ではあるが、挨拶を拒否するわけにもいかず、未紘は怯《おび》えながらも彼と握手をした。

「ひどくない？　オレの手は振り払ったのに、隆義兄さんとは握手するなんてさ」

未紘がコンパで手を振り払ってしまったことを、衛太はまだ根に持っているらしかった。確かに未紘は男性が苦手だが、挨拶に差し伸べられた手を拒絶しなくてはいけないほど触れられないわけではない。

「すみません。あれは驚いてしまったから、つい……」

あわあわとしながら謝罪すると、衛太は手を差し伸べてくる。

「名刺を渡したからもう知っているだろうけど、伊勢知衛太だよ。伊勢知グループ　プロフーモ取締役。主にレストランとか、カフェとか、居酒屋とか飲食店全般を任されているんだ」

衛太はイタリアンレストランなど数軒のオーナーをしているのかと思っていた。だが、本当は全国にある大衆向けチェーン店から高級料理店、クラブやスナックに到るまで、数々の店を取り仕切っているらしかった。

「僕も名刺を渡して挨拶するべきなのかな。でもごめんね。今は名刺を切らしてるんだ」

陸がそう言って謝罪すると、隆義が眼鏡の奥の鋭い眼差しで彼を睨みつける。

「半年前にも同じことを言っていたぞ。なにをしているんだ、お前の秘書は」

「うん？　秘書なら鬱陶《うっとう》しいから解雇した。……そういえば、後任を決めるのを忘れてた。部下がなんか口うるさく言っていたのも、そのことだったのかな。……でも名刺渡して、電話されても面倒だし」

秘書がいなくても部下がいる。上司が名刺を持っていないことなど気づいているだろう。陸は、わざと名刺をつくらないようにしているのかもしれなかった。

ぼんやりした様子で首を傾げる陸の代わりに、隆義が説明する。

「その茶髪の軽薄そうな男は、伊勢知グループ　ペッレ取締役　伊勢知陸だ。ペッレは美容・服飾・貴金属系列になる。お前のような地味な女でも、グラナート、メログラーノ、ソレンネなどの名前ぐらいは聞いたことがあるだろう。こんな適当な奴だが、業績は他社の追随を許さないぐらい同業他社との中でトップだというのだから、理解しかねる」

隆義が口にしたのは、名高い化粧品メーカーや、デザイナーズブランドなどの名ばかりだ。まさかそのような店を、こんなにも覇気のない青年が取り仕切っているなんて想像もできない。

「それで、この三人が総理大臣伊勢知長嗣の息子っていうわけなんだけど……」

衛太の言葉を合図にしたように、彼らはじっとこちらを見つめてくる。

「……あ、あの……？」

彼らの父親から受けた結婚は断るつもりでいると言ったはずだ。これ以上、いったいなにが問題だというのだろうか。

「オレたちが順を追って説明するから、まずはそこに座ってくれる？」

「とりあえず、飲み物でもどう？」

メニュー表を渡され、なかを開く。ラウンジの別室らしいのだが、お酒だけではなく、ジュースの他に、コーヒーや紅茶やハーブティーなども、置かれているらしい。

「えと……。カモミールティーをお願いします」

「へえ。意外と女の子っぽいもの頼むんだ？　オレ、ビールにしよっと。さっきも遅れたせいで、あんまり飲めなかったし」

「いつものをロックで」

「じゃあ僕は、ワインにしようかな」

リラックス効果のあるハーブティーで少しでも落ち着こうとする未紘に対して、兄弟たちは次々とお酒を頼んでいく。そうして、ほどなくして長男の隆義にはスコッチウィスキーのロック、次男の陸には赤ワイン、三男の衛太にはドイツビールが運ばれてきた。

見た目同様に、彼らは嗜好《しこう》もまったく違うらしい。未紘が感心しながら酒の入ったグラスを見比べていると、おもむろに隆義が切り出してくる。

「率直に言わせてもらう」

「はい？」

隆義はドンッと机を叩《たた》くと、身を乗り出して未紘を見据えてきた。

「うちの不肖の父が、お前との結婚を強行しようとしている」

いったい何を言われているのか理解できなかった。

「……なにかの間違いでは……？　私は、まだ返事もしていませんけど？」

困惑した未紘が尋ね返すと、衛太が自分のふわふわとした髪に指を入れて、落ち着かない様子で掻《か》き毟《むし》り始める。

「それがあのバカ親父、教会にウェディングドレスにタキシード、果ては新居の設計図にハネムーン用のプライベートジェット機やヨットまで用意し始めたんだよね。まったくなにを考えてるんだか」

プロポーズされた理由さえ解らない未紘は、呆気《あっけ》にとられるしかない。

「どうしてそんなことに……」

隆義が眼鏡のブリッジを指で押し上げ、眉間の皺をますます深くして説明し始める。

「誤魔化してもしょうがない。恥ずかしながら話をさせてもらうが。……うちの父は、お前の母に生涯結婚を迫り続けていたんだ」

とつぜんの告白に、未紘の頭のなかはいっそう真っ白になってしまう。

日本を代表するような巨大グループのトップを降りて、総理大臣になったような男性が、既婚者のうえに地味で平凡だった母に生涯結婚を迫る。

そんな話は、にわかに信じがたい。だが、四十九日の法要でアパートにきた際の母の写真に対する伊勢知の愛《いと》おしげな表情を思い出すと、あながち嘘ではない気がしてくる。

「保育園からつきまとっていたらしいから、半世紀以上に亘《わた》る執念だよ」

衛太は身震いをするふりをしながら、横から口を挟んでくる。

「半世紀って……、でも伊勢知さんって、ご自分も結婚されたはずでは……」

ニュース番組を鵜呑《うの》みにするなら、彼は結婚して正妻との間にふたりの息子をもうけて、さらには愛人だった女性にも息子をひとり産ませているはずだ。

それだけ女性に盛んなら、母のことは忘れているのではないだろうか。

「キミの母さんが十八歳で結婚しちゃった後、うちの親父は爺《じい》さんに政略結婚させられたんだ。さすがに跡目もいないうちから、伊勢知グループを放り出すわけにはいかないから渋々従ったんだと思うよ。あのとき親父になにかあったら何百万人も路頭に迷わせることになってたし」

母の早苗は十八歳で結婚したものの、十年近く子宝に恵まれず、二十九歳で未紘を産んでいる。その間に伊勢知長嗣は、三人の息子たちを得たのだという。長男隆義三十四歳、愛人との間に次男陸三十二歳、三男衛太二十九歳であるらしい。

「ちなみに、陸の母は、お前の母に瓜二《うりふた》つだ」

「……うちの……母に……ですか？」

驚愕《きょうがく》のあまり消え入りそうな声で呟《つぶや》く。

「ああ。だからこそ目に留まったらしいが、まったく迷惑なことだ」

忌々しそうに愚痴る隆義を、陸は冷ややかに睨《にら》みつける。

「一番迷惑しているのは僕だと思うけど？……川内早苗が、大人しくお父さんとの結婚を了承してくれていたら、こんな面倒なことは起きなかったんだから」

聞けば聞くほど伊勢知の執念の凄《すさ》まじさが伝わってくる。しかし、だからといって母が元凶のように言って欲しくなかった。

「いくら好かれていても、愛していない人と、結婚できないと思います。あなたのお母さんも伊勢知さんを想っていたからこそ、陸さんを産んだんでしょう？」

両親の仲睦《なかむつ》まじさを思い出せば、伊勢知のつけ入る隙などなかったように思えた。

どれほど地位や権力やお金を持っていても、人の心は変えられないはずだ。

「……金に目が眩《くら》まなかったことだけは感動に値するけど」

陸は、ふいっと顔を背ける。

「ついでに、うちのバカ親父が総理大臣になっちゃったのも、キミのお母さんが原因らしいよ？」

衛太はビールを呷《あお》ると、呆《あき》れたように言ってのける。

「確か『からかうのもいい加減にして。せめて総理大臣にでもなってくれたら、あなたの気持ちを信じてもいいわ』って言われたらしくて。鵜呑みにして出馬したんだ。あのときは首相官邸から早苗さん家《ち》は目と鼻の先だから好都合だって大喜びしたよ。そのままオレたちに伊勢知グループを押しつけちゃってさ。勘弁してほしいよ」

議員として出馬するためには、仕事をすべて辞める必要がある。しかし伊勢知グループを背負っている長嗣には放り出せる道理がない。

父を深く愛していた母のことだ。不可能だと思ったからこそ、彼をきっぱり諦《あきら》めさせようとしたのかもしれない。しかし伊勢知はなにもかも捨てて、母のために本当に総理大臣になってしまったらしい。三人の息子たちが後継者として育っていたことも、決断した理由のひとつだろう。

どうやら伊勢知と同級生でありながら、母が家で一切名前を出そうとしなかった理由は、過去につき合っていたからではなく、彼に関わりたくなかったせいらしい。

だとすれば伊勢知がお供え用に携えてきた羊羹《ようかん》を、どうやって母の好物だと知ったのか疑問だ。想像しようとすると、背中に冷たい汗が流れる。この件については、あまり深く考えない方がよさそうだ。

「伊勢知さんは……、どうしてうちの母を好きになったんでしょうか？」

息子である彼らの容姿を見れば、父親の伊勢知が、若い頃から女性に不自由しなかったことは容易に想像できた。お金も地位も権力も美貌《びぼう》もなにもかも兼ね備えた男が愛するにしては、身内の欲目を差し引いても母の早苗は不釣り合いな気がする。

確かに母は情に厚く心優しい。だが未紘に輪をかけて地味な女性だ。遺品整理のときにアルバムを見たばかりだが、幼い頃からそれは変わりなかったようだ。

日本を代表する巨大グループを背負っていた男が、長年片思いし続けた理由が解らない。

「お前の母のすべてが、父の理想だったそうだ」

隆義は眼鏡のレンズの奥にある瞳《ひとみ》を細めながら、忌々しげに言った。

「はぁ……」

未紘は思わず気の抜けた返事をしてしまう。当の本人である母も、からかわれていると思っていたのではないのだろうか？

「顔の造作、身体の形のみならず、髪、肌、瞳、声、匂い、なにもかもに昂《たか》ぶらされたと聞いているが、お前の母の写真を見る限り、一概には信じがたいな。……伊勢知と名乗るだけで普通なら誰しもが平伏するものを、川内早苗からだけは高圧的な物言いで拒絶されたことも、好ましかったらしい」

昨日話したばかりの伊勢知の姿が思い出される。年齢の割に色気があり、とても整った容姿をした品のある人だった。

聞いた話で人を判断するのはよくないことだが、息子たちの言葉を信じるなら、想像も絶するほどの変わり者ということになる。

「……あの人が……」

一見すると、あんなにも穏やかで優しそうなのに、そこまで母に執着していたなんて驚きだ。

「それとお父さんが、あなたに結婚を申し込んだ理由だけど……」

陸は、呆れた様子で嘆息する。

「似ているらしいんだ。……早苗さんに、とても……」

確かに未紘は、母に似ているとよく言われるが、たったそれだけのことで、結婚を申し込むなんて信じられなかった。

「まさか。顔が似ているからって、……結婚なんて……」

しかし陸の母を同じ理由で愛人にしていたというのだから、可能性はある。

伊勢知は、母の身代わりの二人目として、未紘に結婚を申し込んできたのだろうか。

生まれて初めて男性から受けたプロポーズが、そんな理由だったことに、少なからず傷ついてしまう。未紘が茫然《ぼうぜん》としていると、隆義が唸《うな》るような声で言った。

「それがお前の場合は、顔だけではないらしい。父を渇望させるなにもかもが同じだと聞いている」

伊勢知の息子たちは、神妙な顔つきで唸りながら、こちらをじっと見つめてくる。

「平たく言うと、つまりこの子に欲情するってことだよね……。オレ、けっこう性欲薄い方だと思うから、わかんないな」

衛太はしきりに首を傾げていた。

「女をサボり過ぎ。……この顔の毛穴……、頭が痛くなる。もしかしてあなた、綺麗《きれい》になる努力をしたことないんじゃないかな。……悪いけど僕の言っていることは当たっているよね」

確かに化粧を落として、お風呂《ふろ》に入った後で、化粧水とクリームをつけるぐらいしか手入れをしたことがない。

「まさか干物女を現実で見るとは思ってもみなかったぞ。この女に欲情？　冗談だろう」

三人の兄弟に口々に罵倒《ばとう》され、顔を覗《のぞ》き込まれる。

「まったくこの女のどこがいいんだ？　川内早苗の写真を見たときも驚いたが、父の趣味には理解しかねる」

「さあ？　オレにもさっぱり」

「思い込み……とか？」

彼らは未紘に対して、まったく女を感じられないらしい。それはありがたいことなのだが、間近から顔を覗き込むのはもうやめて欲しかった。

恐ろしさと恥ずかしさと居たたまれなさで、未紘は泣きそうになってしまう。

「……あ、あの……。もう離れて……くれませんか……」

瞳を潤ませながら、掠《かす》れた声で訴える。すると、厳《いか》めしい顔をした隆義が、スーツのネクタイを軽く緩めながら、咳払《せきばら》いする。

「……い、……いきなり、はしたない声を出すなっ」

彼はなぜか真っ赤になってブルブルと震えていた。

「え、えぇ？」

意味が解らず首を傾げていると、未紘の眦《まなじり》に溜《た》まった涙を、次男の陸がそっと指先で拭《ぬぐ》ってきた。

「綺麗な涙。……あなたは……あまり嫌な感じがしないな……、不思議だ」

「あの……それってどういう……」

ふたりの言動はまったく理解できない。すると、先ほどまで未紘に顔を近づけていた衛太が、いきなりその場に蹲《うずくま》っていることに気づいた。

「どうしたんですか？　具合でも悪くなったんですか」

心配になって尋ねると、衛太は顔を背けて、手で静止を求めてくる。

「……ごめん、なんか匂い嗅《か》いだら急に……。い、今、……近づかないで。……勃《た》っちゃったみたい。なんで⁉　オレ、そんなはずないのに……」

ここに連れられてくる車中で、衛太は自分のことを勃起《ぼっき》不全（ＥＤ）気味で悩んでいると説明してきたばかりだ。それなのに、どうして今のような状態になっているのだろうか。

伊勢知家の三人の息子たちは、狼狽《ろうばい》する未紘をまるで未知の生物にでもあったかのように、驚愕《きょうがく》の眼差《まなざ》しで見つめていた。

まったく現状が理解できないままに、未紘はその部屋で待たされることになった。

三人は別室へ話し合いに行ったのだが、しばらく経つと神妙な顔つきで戻ってくる。

隆義も陸も衛太も、どこか気まずそうな様子だ。

「驚かせて悪かったな」

「いえ……」

未紘はそう答えながらも、つい彼らから離れた席に移動して身構えてしまう。

隆義はちらりと咎《とが》めるような眼差しを向けてくるが、未紘が警戒を露《あら》わにしたことについては、なにも言わなかった。

「結論から言わせてもらう。……私たちは父の厄介なDNAを受け継いでしまっているらしい」

隆義は眼鏡のフレームを押し上げると、どこか落ち着かない様子で溜息《ためいき》を吐いた。

「ごめんなさい。どういう意味なのかよく解らないですが……」

未紘は首を傾げた。すると陸が、続けて説明し始める。

「うちのお父さんは、あなたのお母さんのすべてに本能的に劣情を抱いてしまっていたわけだけど、それが部分的に、僕たちに遺伝しているってことと」

まだ意味が理解しかねる。つまりは、どういう意味なのだろうか——。

「キミは顔も声も、肌も瞳も匂いも、なにもかも早苗さんにそっくり。そのせいでうちの親父は川内親子二代に亘《わた》ってメロメロ、でプロポーズ。オレたちには親父の偏執的な部分が、少しずつ遺伝しちゃってて、……無意識に反応してしまうんだ」

未紘の困惑に気づいた衛太が、さらに解りやすく説明してくれようとする。

「……反応？」

きょとんとしていると、衛太が近づいてきて耳打ちした。

「さっきオレがどうなっていたか見たよね。……勃つってこと」

「ひ……っ」

恐ろしい話の全容をようやく飲み込むと、未紘はガタガタと震え出してしまう。

「それだけではない。実は私たちは、父にあることを頼まれている」

「……ま、まだあるんですか……」

すっかり涙目になって震えている未紘に、伊勢知の御曹司たちはさらに追い打ちをかけてくる。

「ああ。頼まれたのは、お前を伊勢知家に恥じない淑女に仕立て上げることだ」

つまりは結婚を承諾してもいない相手の嫁入り修行を、伊勢知は息子に依頼したということなのだろうか？

陸は自分の顔に手を当てて、溜息を吐いてみせる。

「いくらなんでも総理大臣を死ぬまで務めるわけじゃないし、お父さんはそのうちグループの総裁として戻ってくるからね」

伊勢知が総理大臣になったのは、未紘の母との約束があったからだ。しかし、その相手が亡くなったからには、もう彼が議員で居続ける理由がない。

伊勢知グループに戻るため、次の選挙には出馬しないつもりなのかもしれなかった。

「ま、ウチってパーティーや親族間の集まりも多いし、結婚した後、キミが気後れしたり、困ったりしないように、今からオレたちに助けて欲しいんだって」

結婚した後よりも、たった今まさに困らされていることに気づいて欲しかった。

母にストーカーじみた求愛をしていた男性と、身代わりとして結婚するなんて、けっして受け入れられることではない。

「私は、プロポーズを受けるつもりがないんですが……。どうしてそこまで話が飛躍しているんでしょうか」

断れば済む話だ。なぜ彼らは、こんなにも差し迫った様子なのだろうか。

「キミの母さんは、夫になった男性と高校の卒業旅行で出会って、たった一ヵ月で電撃結婚したらしいね。うちのバカ親父は今でもそのことを悔やんでいるみたいなんだ」

確か母は熱海《あたみ》へ友達と温泉に行った際、同じく湯めぐりに来ていた父と出会って意気投合したと聞いている。未紘の父は公務員の理想を絵に描いたような、とても堅実で落ち着いた性格をしていた。

今考えてみれば、幼い頃から執念を燃やして口説いてきた財閥の息子に疲れて、癒《いや》しを求めたのは想像に難くない。

「実はお父さんが、今度こそはぜったいに、誰にも譲らないって息巻いてるんだ。怖いよね……」

陸は哀れな者を見る目つきで、こちらを眺めてくる。

「困りますっ。……私、そんなの困りますから……」

未紘は真っ青になって彼らに訴えた。

「父は好きな女の戯言《ざれごと》ひとつで、総理大臣になってしまうような男だ。観念して結婚できないというのなら、やるべきことはひとつしかない」

隆義は静かに溜息を吐く。

「なんですか。教えてください」

縋《すが》るような眼差しを向けると、彼は未紘にとって不可能なことを告げてくる。

「父から逃れるためには、お前の母と同じように、誰か男を見つけて結婚するしかないだろうな」

そんなことができるはずがない。未紘は、男の人が苦手なのだ。

男性とつき合ったこともないし、これからできるとも思えない。

「無理です」

ぶるぶると首を横に振ると、伊勢知家の息子たちは、迫力のある目つきで、こちらを見据えてくる。

「……悪いけどあなたには、無理でも相手を見つけて結婚してもらうから。こっちもね。色々と事情があるんだ。僕は……あの人に幸せな再婚なんてさせない……」

一見たおやかな陸は、そう言いながら、どこか殺気じみた様子で口角をあげる。

「意見が合うな。川内の娘と父を結婚させたのでは、亡くなった母が浮かばれない。断固として私も阻止させてもらう」

「同じく、オレも邪魔させてもらうよ。あのクソ親父は、心の底から悔しがらせてやらなきゃ気が済まないんだよね」

確かに彼らにとって、未紘の母早苗は、家庭を崩壊させた原因に他ならない。父親が他の女性を愛していると知ったときの彼らが、どれほど傷ついたか、考えるだけで胸が痛くなる。陸の母に到っては、顔が似ているというだけで、身代わりにされたようなものだ。息子である陸の心中も穏やかではないだろう。

彼らが憎むべき早苗の娘である未紘を、義母として迎えたくないのは当然だ。

「……」

未紘は申し訳なさに俯《うつむ》いてしまう。

「その前に問題がある。この干物女に恋をさせるにしても、このままでは、男が寄っても来ないだろう」

隆義は未紘の頭の先から、足の先まで眺めた挙句に、お手上げといった様子で、両手を広げてみせる。

「お父さんの希望を叶《かな》えるふりをしながら、……この子を一般的な女性レベルに改造して、他の誰かと先に結婚させるっていうのが妥当な線かな……」

陸はどこか憐《あわ》れなものを見る目つきで、こちらを見つめてきた。

化粧品や服飾に携わっている人間からすれば、なにひとつ手入れしていない未紘は、雑草以下の存在なのかもしれない。

「どうしても相手が見つからない場合、いざとなったら、オレたちのうちの誰かが、この子をお嫁さんにもらうしかなくなるけど……」

そう言いながらも衛太は、困ったように小首を傾げてみせる。

「うーん。オレはちょっと無理かも」

「……私の妻の座に、干物女を……？　はっ、冗談はよせ」

「確かにこんな荒地みたいな女性が相手じゃ、人生の罰ゲームだしね……」

三者三様に罵倒《ばとう》しながらも、彼らはなぜか未紘に熱っぽい眼差《まなざ》しを向けてきていた。

＊＊　＊＊　＊＊

翌日から彼らの特訓が始まった。未紘を魅力あふれる女性に変貌《へんぼう》させ、彼らの父親ではない他の男性と結ばせるための講習会だ。

伊勢知の息子たちは、まず未紘に健康診断と美容診断を受けさせた。結果は伊勢知の御曹司たちと未紘の元に届けられた。

未紘は診断結果を人に見られることが、恥ずかしくてならなかった。だが、苦情を言っても聞き入れてくれる男たちではない。

「キミすごいね。見た目だけじゃなくて、健康診断までこんな平均値になるなんて、思わなかったよ」

仕事が始まる前に、朝から行くように命じられたのは、足を踏み入れるのが躊躇《ためら》われるほど格式ばった日本料理店だ。この店も、三男の衛太が経営する店のひとつらしい。

未紘は、今日から衛太が用意させた栄養バランスのとれた料理を三食摂《と》らなければならないのだと聞いていた。朝食はここで食べて昼食用に弁当を受け取り、夜は飽きないように毎日違う店に行くことになっている。

目の前で、衛太がひらひらと健康診断書を振っているのを、未紘は必死に取り返そうとした。そこには身長や体重だけでなく、胸囲やコレステロール値など、人に見られたくない情報が詰まっている。

「返してくださいっ」

未紘は手を伸ばして健康診断書を取りあげようとした。

「だーめ。これはキミの健康管理に必要なものだし」

いじわるな笑みを浮かべながら、衛太は肩をすくめてみせる。

健康診断をもとにして作成された献立表が、すでに未紘の部屋にもファックスされていた。肌の質を改善して、体重をコントロールし、栄養価も高く、身体を整えるメニューになっているらしい。お店の手配も済んでいる。だからこれ以上はもう未紘の健康診断書を見る必要などないはずだ。

「衛太さんは忙しいんでしょう？　仕事に行かれたらどうですか……」

料理はすでに決まっているため、料理人ではない衛太は、ここに来る必要などない。彼は忙しい身でありながら、なぜ早朝からわざわざ足を運んできているのだろうか。

困惑していると、彼は料理の並べられた席に強引に未紘を座らせた。

「そんなことより早く座れば？　温かい状態で運ばれた料理は、冷めないうちに食べるのが礼儀だって」

テーブルを見ると、じゅん菜のおすまし、さよりのとんぶり和《あ》え、銀杏《ぎんなん》を揚げたもの、蕪《かぶ》の含め煮、ほうれん草のおひたしなどが少しずつ小鉢に盛られて並んでいる。

「すごい……。これ、ぜんぶ食べてもいいんですか？」

母が亡くなってからは、お米をあまり炊かなくなった。朝食もバタートーストと牛乳で済ませることが多くなっている。

ふんわりといい香りを漂わせている炊き立てのご飯を見ているだけでも心が浮き立つ。

「見せるために呼んでるわけじゃない。食べていいに決まってるよ」

席に着くと、衛太も向かいの席に座る。

「どうして、今日はここにわざわざいらしたんですか？」

食事をしながら、未紘は彼に尋ねた。

「ん？　監視」

「……そう、ですか」

確かに彼にしてみれば、未紘は自分の父の心を生涯独占した忌々しい女の娘で、さらには、結婚相手として家に入り込んでくるかもしれない危険人物だ。衛太は警戒しているのだろう。

「私、伊勢知さんのプロポーズは断るつもりでいるんです。心配しないでください」

こうして用意された食事をしたり、このあと美容やマナーの講習を受けたりするのも、伊勢知に相応《ふさわ》しい相手になるためではない。もちろん、彼らの願い通り、他に結婚相手を探すためでもない。言う通りにしなければ、兄弟たちが納得してくれなかったため、仕方なく従っているだけだ。衛太が不安になる必要はない。

「そっちよりも、オレ自身の問題かな」

衛太は探るような眼差しを未紘にむけてくる。

「伊勢知さん。それってどういう……」

彼になにか問題があるようには見えない。未紘は首を傾げた。

「うち兄弟も親父もみんな伊勢知なんだから、オレのことは衛太でいいよ」

「そうですよね。すみません。……ええと……、じゃあ失礼して、衛太さん」

名前を呼ぶと彼は息を飲む。そして、どこか熱っぽい眼差しをむけてきた。

「なに、未紘」

逆にいきなり呼び捨てにされて戸惑ってしまう。父親以外にそんな風に呼ばれたのは初めてだ。目を丸くしていると、彼が愉《たの》しげに笑ってみせる。

「オレも呼び捨てにしていいよ」

「そういう問題では……、衛太さんは年上ですし」

「じゃあ、もう少しオレと仲良くなったら、衛太って呼んでよ」

未紘は人を呼び捨てにしたことなど、生涯で一度もない。どう考えても無理だ。

「……あの……、すみません」

「なにそれ？　オレと仲良くしたくないってこと？」

怪訝《けげん》そうに尋ねられ、未紘は申し訳なさに俯いた。

「……人を呼び捨てにするなんて出来ませんし、……男の人と仲良くなるのも、きっと無理だと思います……」

出来ないと解っていることを約束するのは、嘘を吐くのも同じだ。友好的に接してくれるのは嬉《うれ》しかったが、謝罪することしかできない。

「仲よくなろうとしているだけなのに、こんなにきっぱり断られたのなんて、さすがにはじめてだよ」

衛太は快活で朗らかで、自然と周りに人が集まる性格だ。歩み寄ってくれているのに、距離をとろうとする相手など、未紘以外はいなかったらしい。

「ごめんなさい。……私、男の人が本当に苦手で」

彼が悪いわけではない。未紘に男性と仲よくなる自信がないだけだった。

「ぜったいだめ？」

拗《す》ねた顔つきで首を傾げられても、考えは変えられない。

「それに私なんかと仲良くしなくても……。衛太さんなら、お友達がたくさんいると思うんですが」

「うん。そうだね。友達は多いんだろうね」

衛太はどこか皮肉気に笑って言った。

「人ごとみたいに言うんですね」

「うん、オレにとってはどうでもいいことだし」

どうでもいい相手を、友達とは言わないのではないだろうか。

そんな疑問が湧き上がってくるが、未紘は人の生活に土足で踏み込むような真似はしたくなくて、深くは尋ねなかった。

「どういう意味か聞いてこないの？」

さすがに衛太も、自分の告げた言葉が他人にとって理解しがたいものである自覚はあるらしかった。

「聞いて欲しいのなら、自分から話されると思います。そうでないなら、聞かれたくない話なのかと……」

衛太が未紘に話を聞いて欲しいというのなら、耳を貸すつもりはある。だが、無理やり聞き出そうとは思わない。

「なんか、そんな風に言われたら、無理やりでもオレのこと聞かせたくなるな」

じっと見つめられ、未紘も彼を見返した。なにか話すつもりなのかと思って待っていると、彼は破顔してみせる。

「嘘だよ」

「そうですか」

その後、未紘が食事している間も、衛太はなにか考え込んだ様子で、じっとこちらを見つめてくる。

食事を摂る姿を観察され続けていると、次第に居たたまれない気持ちになった。

「あまり見ないでください」

「どうして？」

「……食べにくいので」

彼はいつも人が食事をしている姿を見ているのだろうか？

「オレのことは気にしなくていいから」

「気になります」

「……ふうん。じゃあ、もっと気にしてよ」

「いじわる言わないでください」

「ええ？　いじわるじゃないのになぁ」

実りのない押し問答を繰り返しながら、どうにか食事を終えることができた。

「ごちそうさまでした」

食事を終えて手を合わせる。

「おいしそうに食べてたね」

なぜか嬉しそうに衛太が尋ねてくる。

「ええ。おいしかったですから」

未紘が頷《うなず》くと、衛太はどこか皮肉気に顔を歪《ゆが》めた。

「あんなボロアパートに住んでたんなら、そんなに良いもの食べて生活してなかったからじゃない？　残念だったね。お母さんがうちの親父を選んでたら、毎日おいしいものを食べられていただろうに」

確かに未紘のうちはお世辞にも裕福とは言えない。それでも数年に一回は家族旅行を楽しみ、母が毎日安い食材で試行錯誤しておいしい食事を作ってくれていた。

「うちは衛太さんから見れば、憐《あわ》れむほど貧乏かもしれませんが、……私は両親が大好きでしたし、毎日幸せでしたよ」

母と伊勢知が結婚していたら、お金持ちの子になれたかもしれない……なんてことに未紘は興味などなかった。

両親が結婚したから、今の未紘が生まれたのだ。もしも母が他の男性と結婚していたなら、未紘は生まれていなかっただろう。

「おいしいものは好きですが、……もしもおかずが一品もなくて、ご飯とお漬物だけで生活しなくてはいけなかったとしても、……私は自分の両親と食卓を囲みたいです」

仮定の話をしているかのように言ったが、本当にそんな食事の日もあった。それでも『給料日前だから、仕方がないね』と、笑い合ったものだ。あの時間を、未紘は不幸だなんて思わない。

「……家族はみんな亡くなってしまったので、もう無理なんですけど」

両親の保険金があるので、お金に余裕ができた。だが、ひとりきりになった今の方がずっと、空虚に暮らしている。

ふいに涙が零《こぼ》れそうになって、未紘は無理に笑みを浮かべた。

「手を尽くして手に入れた食材を使って、丁寧に作ってくださった料理がいいんだと思いますが、それよりも今日は衛太さんがいてくれたから、いっそうおいしかったんだと思います。やっぱりひとりで席に座って食べるより、ふたりの方が愉しいですから。でもせっかくここまで来られるなら、朝食をご一緒に召し上がりませんか？」

そうしてくれたら、あまり食事をしている姿を見られなくて済む気がする。

だが、返事はない。

未紘が顔をあげると、彼はぼうっとした様子でこちらを見つめていた。

「衛太さん？」

名前を呼ぶと、衛太ははたと気づいた様子で、瞼《まぶた》をしばたかせる。

「どうかしましたか？」

「ううん、なんでもない」

なにか言いかけた衛太だったが、ふいっと顔を逸《そ》らしてしまう。

「……すみません、もうこんな時間。早く行かないと」

今日は未紘の会社がやすみのため、一日中伊勢知の御曹司たちが立てたスケジュールの通りに動かなければならなかった。

食事を終えた後は、陸の会社に行ってエステや化粧品の講習などを受けることになっている。明日《あした》は、隆義が経営している系列ホテルに行って、マナーや立ち居振る舞い、そして料理の食べ方などの講習だ。この調子では、彼らの気が済む日まで延々と、未紘の休日は潰《つぶ》れることになるだろう。

平日は懸命に仕事をしている。日曜日ぐらいはなにもせずに、ゆっくりしていたい。

だが現状でなにもせずにいれば、気づかぬ間に伊勢知長嗣の花嫁にされてしまいそうだ。それだけは遠慮したかった。今は伊勢知の強行をとめてくれそうな三人の兄弟の言いなりになっておいた方が賢明だと思えた。

「今日明日は無理でも、未紘の仕事が始まったら、朝も昼も一緒に食べようよ」

朝はさておき、昼まで誘われることに驚いてしまう。

「お昼のお弁当も一緒に？」

昼食は朝に渡されたお弁当を会社で食べるように連絡が来ていたはずだ。

公園のベンチはすぐにいっぱいになってしまうし、会社の会議室や食堂は部外者が使えない。衛太はどこで食事を摂《と》るつもりなのだろうか？

未紘が首を傾げると、彼は携帯電話で地図を見始める。

「昨日の店のあたりが会社だよね。オレの店、何件かあるし」

「お店で、お弁当を食べるんですか？」

首を傾げていると、彼は喉元《のどもと》で笑ってみせた。

「どうして？　店に行くんだから、弁当なんて必要ないよ。食事の予定は変えさせるから、出来たての温かいご飯を一緒に食べよう。いいよね」

「毎日ですか？」

「そうだよ」

未紘の会社近くの店なら助かるが、彼に支障はないのだろうか。

「衛太さんは、忙しいのにそんなことしなくても……」

一緒に食事をしても、彼に利点などないはずだ。それどころか移動時間がロスになって、彼の仕事の邪魔になることは簡単に予測できる。

「オレと食事したくないんだ？」

ムッとした表情で見つめられ、未紘は慌てて首を横に振った。

誰もいないひとりのちゃぶ台が脳裏を過《よぎ》る。ひとりで食事するよりも、一緒に食べてくれる相手がいた方が、食事はずっとおいしく感じる。衛太に対して警戒心がなくなったわけではないが、彼の申し出は嬉《うれ》しかった。

「いえ、嬉しいです。ありがとうございます」

お礼を言うと、衛太はなにか物言いたげな様子で未紘を見下ろしていた。

＊＊　＊＊　＊＊

強引に衛太に車に乗せられて、未紘は伊勢知長嗣の次男である陸の待つペッレの総合オフィスのある高層ビルに向かうことになった。

玄関ホールは圧巻だった。三階分の吹き抜けにした高い天井に、真っ白な大理石の内装が施されている。入り口側はほぼガラス張りで、眩《まぶ》しい日差しが降り注いでいた。

ホールの先には社員証を持つ者のみが入れるゲートがついている。さらに奥には高速エレベーターが何基も並んでいて、目まぐるしいほど人が出入りしていた。

美容業界の中枢と言っても過言ではないペッレの受付には、ファッション雑誌から抜け出てきたかのような美女が座っていて恐縮してしまう。

約束していた旨を告げると、受付の女性が一枚のカードを差し出してきた。

「来客用のＩＣカードになります。お持ちください。お帰りの際には受付まで、ご返却願います。社長室は最上階です。五十階より上は専用のカードキーがなければ行けませんので、ご案内させていただきます」

役員用だと思われる奥のエレベーターに乗せられ、未紘は陸の待つ最上階の部屋に向かった。

「川内様がお越しです」

部屋をノックした受付嬢が声をかけると、スーツ姿をした陸の部下らしき男性が中に招き入れてくれた。

広い部屋だ。それなのに電話とパソコンの置かれた執務机と応接セット以外はなにもない。空調が効いているのに、肌寒さを感じるほど、がらんとしている。

陸は電話中だった。しかし未紘に気づくと、聞き取れない外国の言葉で二、三交わした後、電話を切る。

「よく来たね。さあ、干物を湯戻しする時間だ」

「私、干物じゃありません」

確かに未紘は、女として手を抜き過ぎていたかもしれないが、干物とまで称されるのは心外だった。

「もちろん。ペッレで手をかけるからには、多少の改善ぐらいじゃ困る。一流の女になってもらわないと、名折れになるからね」

そう言いながら、陸は未紘の肩に手を回してくる。思わず身構えて逃げようとすると、無理やり腕を引かれた。

「こら。逃げない」

陸は用意されていた鏡の前に未紘を連れて行った。鏡越しに未紘をジッと眺めた後、陸はいっそう深く溜息《ためいき》を吐く。

「それにしてもここまでひどいなんて。……女として生んでくれた親に、申し訳ないと思わないの？」

人様の娘である未紘に、ここまで好き勝手に罵倒《ばとう》する陸こそ、母の早苗に申し訳なくはないのかと言い返したくなる。

「……いえ。母も同じぐらいの手入れしかしていませんでしたし……」

「親子二代干物だなんて、自慢できることじゃないよ」

陸はそう言って、頭をおさえる。

「すみません」

これ以上反論しても仕方がなさそうなので、素直に謝罪すると、彼は部下に合図して、数えきれないほどの服がかけられたハンガーラックを運ばせてくる。

「とりあえずあなたの体型に合わせて、服を用意したよ」

「どうして私のサイズを、あなたが知っているんですか」

確かに健康診断で身長や体重は計ったが、バストやウエストやヒップなどは解らないはずだった。どうやって体型に合わせたというのだろうか。

「サイズぐらい見ればわかる。かなりの運動不足だね。少しは歩くなり泳ぐなりしたらどう？　下半身と二の腕をもう少し締めた方が、服も似合うものや着られるものの幅が広がると思うけど？　あとブラもあってない。そんな緩いブラをつけてたら、すぐに垂れてしまうよ。きっちり補整した方がいい」

思いがけない言葉に、未紘は真っ赤になって俯《うつむ》いてしまう。

「サイズを知られたぐらいで真っ赤になっていないで、その体型をつくった不摂生な生活を恥じるべきじゃないかな」

「…………」

なにも言い返せない。陸の言う通りだった。

「僕、あなたになにか間違えたこと言った？　だったらごめんね」

不思議そうに首を傾げられ、未紘は泣きそうになってしまう。

「……その通りです」

陸はハンガーラックから、二着ほど服をとると、未紘に合わせてみせる。

「そんなどうしようもない女にも似合うように、体型をカバーするデザインで、気になる場所から目を逸らさせる配色の服……」

夢のような話に、未紘は目を丸くした。

「すごい、本当ですか！」

感嘆の声をあげると、陸が人の悪い笑みを向けてくる。

「……が、あるといいね」

どうやら冗談だったらしい。いくらなんでも、そんな都合のいい服があるはずがなかったのだ。

「からかわないでください」

拗《す》ねて唇を尖《とが》らせると、陸が肩をすくめる。

「冗談を真に受けて拗ねないでくれる？　うちをどこだと思ってるの。それぐらいの服は用意できるよ。考えてごらん。オジサンたちの酒のあてや子供のおやつに重宝するスルメだって、ラッピングすれば贈答用の商品になるんだ。あなたもうちの服を着て、日本全国ねり歩けば物好きがひとりぐらい見つかるよ」

ひどい言われようだった。

「日本全国歩くなら、別に着飾らなくてもひとりぐらい……」

結婚相手ぐらい見つかる気がする。

「へえ。本当に？　女を捨てて、野ざらしにされ続けた顔や身体で、求婚してくれる相手がいると信じているんだ？　意外とポジティブな性格をしているんだね」

そんな風に尋ねられると、次第に自信がなくなってくる。今のままでは、日本中歩いたとしても、結婚相手なんて見つからないのではないだろうか。そんな不安さえ抱き始めてしまう。

「ご、ごめんなさい。……よろしくお願いします……」

半泣きになりながら頭を下げると、陸は面倒そうに溜息を吐いてみせた。

「ええ？　どうしようかな。なんだか面倒になってきたし」

「そんな……」

未紘はしょんぼりと俯いてしまう。

「社長。……お客人をからかわれるのはそれぐらいになさった方が……」

ハンガーラックを運んでくれた彼の部下が、おろおろとしながら声をかけてくる。

「……っ⁉」

もしかして、未紘は陸にからかわれていたのだろうか。

呆然《ぼうぜん》としていると、彼はクスクスと笑い始めた。

「この子、面白いからもう少し放っておいてもよかったのに。邪魔するなんて、無粋な奴だね」

なんだか隆義や衛太のいるときとは違い、陸は生き生きしているように見えた。

「普段はぼんやりとしていて、とらえどころのない方なんですが、こんなに楽しそうになさっているのを見るのは、初めてです」

部下が耳打ちしてくるが、からかわれている未紘本人は、そんなことを言われても嬉《うれ》しくはない。

「色味を見るから、ここに立って。……うん、いいね。これなんか特に似合いそう」

ハンガーラックにかかっていた服を、順に未紘に当てていくと、その中からひとつ弾《はじ》いて部下に押しつける。

「僕が指定した色と違う」

部下は慌てて書類を捲《めく》ると、なにかに気づいた様子で真っ青になった。

「申し訳ございません。すぐに取り換えます」

そして慌てて部屋を出て行く。

「服はいいみたいだから、次に行こうか。まずは化粧品だね」

陸の合図で、今度は化粧品が運ばれてきて、応接セットのテーブルいっぱいに並べられていく。

「ここに座って。楽にしていいよ」

ソファーを勧められて、ちょこんと腰かける。目の前の化粧品の量に圧倒され、未紘は言葉もでない。啞然《あぜん》としていると、陸はひとつひとつ説明し始めた。

「これはしばらく使ってると、肌色がワントーン明るくなるはずだから、そのとき、ファンデーションをこっちに変えて。化粧前には必ずこれをパッティングし引き締めてみて。肌に赤みがあるときはこれ。それでもだめなら、これを使って。目の下がくすんでいるときは、これ。血色がよくなる」

朝晩でつけるものが違うので基礎化粧品だけでも数えきれないぐらいある。

次々と説明されるが、普段からさほど化粧をしない未紘は頭がパンクしてしまいそうだった。

「すみません。覚え切れません」

未紘が音をあげると、陸は呆《あき》れたように言い返してくる。

「興味がないからだね」

確かにその通りだった。こんなにたくさん化粧品を並べられて説明されても、気になるものはあれども、すべてに興味がわかない。

「このなかであなたが一番気になるのは、これだよね。毛穴がカバーされるやつ。さんざん毛穴が開いているって言われたばかりだしね。あと寝不足で目の下にクマがあるから、きっとこれも気になってるはず」

確かにそのふたつはたくさんある化粧品のなかで、どうにか覚えられたものだった。

「どうしてわかるんですか」

陸はまるで未紘の心を読めるかのように的確だ。

「人間は関心があることには、記憶力が数段にあがるからね。それに顔つきもかわる。見ていればわかるよ。あなたの考えぐらい」

すべて見透かされているみたいで、恥ずかしくなってくる。未紘が思わず頬を手で押さえると、彼は続けて言った。

「ぜんぶに興味を持って」

「え？」

どういう意味なのだろうか？　未紘は首を傾げる。

「自分の身体のすべてに興味を持つといいよ。髪の先から爪先まで。それで、どうやったら、自分の肌や身体がよくなるか、ひとつひとつ自覚するといい」

陸はそうして、鏡を見ることの大切さを言い聞かせてきた。

前に進むためには、悪いところを自覚して、良くなるためにはどうすればいいのか、考えることが、一番の近道なのだという。確かに未紘は、地味で冴《さ》えない自分の顔を見るのが嫌いで、必要最小限しか鏡を見ていない気がする。

「……ほら、代わりに教えてあげるよ。髪、かなり乾燥している。もう少しコシと艶《つや》がほしい。その場合のトリートメントはこれ。三日に一度はこれで集中ケアも忘れずに。肌は混合肌。額は脂っぽいけど頬は砂漠みたいだね。鼻の毛穴は見てられない。これじゃくすみ過ぎてて、ファンデーションが必要以上に、厚くなる。美容液は部分的に変えた方がいい。もしかしてお湯で顔を洗ってるんじゃないの。面倒がらずにぬるま湯で、あとは……」

陸は未紘の頭の先から爪先まで検分すると、ひとつひとつ化粧品を選別して、使い方や対策を教えてくれる。あまりの博学ぶりに、溜息《ためいき》が出そうなぐらいだ。すべての話を聞き終えた頃には、知恵熱で寝込んでしまいそうなほどぐったりしてしまっていた。

「ひとり暮らしでも、ちゃんとご飯は食べないと……。こんな栄養失調丸出しの不摂生な爪の相手と結婚したい男が現れるわけがない。いい？　女には三百六十五日休みがないんだよ」

「あの……」

「この期に及んで、うるう年に休んでいいのかとか言ったら、怒るよ」

冷ややかな笑みを向けられ、未紘は黙り込む。

「いえ、なんでも」

ソファーに凭《もた》れて溜息を吐くと、未紘は先ほど聞いた説明を復習し始めた。縦長の大きな箱は化粧水で、となりの小さな箱は目元用の美容液で——。

しかし、再確認している間にも忘れそうになる。

「あっちの箱がコンシーラーで……」

天井を仰いで思い出そうとしていたとき、ふいに頬をキュッと引っ張られた。

「な、なにするんですかっ」

目を丸くして非難すると、陸は不思議そうに首を傾げた。

「毛穴が開いているのに、やけに触り心地が良さそうだと思って……」

そういいながら、ふにふにと頬を引っ張ったり戻したりを繰り返す。

「……や、やめてください……っ」

男性にこんなことをされたら、いつもの未紘なら振り払っていただろう。しかし陸はどこか中性的なせいか、まるで女友達にでも悪戯《いたずら》されているような気分になる。

「放置してこれなら、手入れしたら、男なら誰だって触りたくなるぐらい綺麗《きれい》になるよ。

「頑張って」

「誰にでも触りたくなられても、嬉しくないですっ」

　むしろそんな目に遭わされるなら、毛穴が開いていたままの方がいいような気がする。

「やっぱり？　僕も発情した女に『綺麗だ』ってよくほめられるんだけど、気持ち悪いったらないよね。あれって」

　陸が肩をすくめると、近くに控えていた部下が窘《たしな》めた。

「社長……お言葉が過ぎます……」

　男性は女性に好かれたら嬉しいものなのではないだろうか。

「なにを驚いているの？」

「陸さんは、女の人に好かれても嬉しくないのかと思って」

　未紘の言葉に、なぜか背後で部下が慌てている様子だった。陸は未紘の言葉に目を丸くすると、ふいに破顔する。

「嬉しいよ？……あなたが好きになってくれるなら、きっと嬉しい」

　その後、外せない会合に行った陸と別れ、未紘はジムで運動をすることになった。

「こちらで用意したメニューをこなしていただいた後は、エステで総身を磨いて本日は終了となります。まずはストレッチから頑張ってください」

　未紘には専属トレーナーが用意されていた。

　トレーナーに言われた通り、マットの上で身体を伸ばしていると、陸の部下が探るような眼差《まなざ》しを向けてきていることに気づく。

「あの……なにか？」

彼も今回の騒動の理由を知っていて、どうして未紘が伊勢知に選ばれたのか、不思議でならないのだろうか？

「いえ……。不躾《ぶしつけ》ながらお伺いしてもよろしいですか。……社長とは長いお付き合いを？」

「昨日、初めてお会いしたばかりです」

正直に答えると、部下はさらに驚愕《きょうがく》した様子だった。

「さきほどもお伝えしましたが、あんなに楽しそうにしていらっしゃる社長を拝見したのは、初めてだったもので……。それに、人に触れられていたことも驚きで……」

思いがけない話に未紘の方が驚いてしまう。ふいにエレベーターで初めて出会った時のどこか冷たい雰囲気をもった陸の姿が思い出された。いつもはあんな風だということだろうか。それに陸が、普段は人に触れていないなんて意外だ。

「これからも、社長をよろしくお願い致します」

まるで恋人同士であるかのような言い方をしないで欲しかった。

陸はきっと、未紘に女としての自覚がなさすぎて、一切気を遣う必要がないから、軽口を叩《たた》いているに違いないのだから。

「私は、お世話になっているだけですから……」

慌てて未紘が訂正すると、部下はさらに感心したように呟《つぶや》く。

「そうですか、あの社長が……」

いったい陸はいつも社員たちに、どんな接し方をしているのだろうか。気にはなったが、次々と出される運動メニューに疲れて、考えるどころではなくなってしまう。

その後も、予定通りにエステにまで連れて行かれた。

アパートに戻る頃には、心身ともに衰弱した状態でフラフラだ。女が綺麗になるということは、未紘が想像していた以上に過酷なものだったらしい。

＊＊　＊＊　＊＊

さらに翌日の日曜は、長男の隆義が経営するホテルでマナー講習を受けることになっていた。未紘の住んでいるところから一番近い場所という理由で、一昨日三兄弟揃って会わされたホテルだ。

食事は三男の衛太のところで決められた献立がホテルで提供され、ナイフやフォーク、果ては箸《はし》などの使い方まで指導されるらしい。三時にはお茶会に招かれたときのマナー講習がされるのだという。

つまり朝から晩まで、食事のときすら気を抜くことができないということだ。

約束していたホテルのレストランにある貴賓室に通され、未紘はそこで二日ぶりに隆義に会うことになった。しかし、彼は開口するなり罵倒《ばとう》して来る。

「遅いっ」

未紘は腕時計や柱時計を見るが、まだ約束の五分前だ。

「遅刻はしていないと思います……」

思わず反論すると、彼は鋭い眼差しで睨《にら》みつけてきた。

「口答えするな。待ち合わせで、目下の者が先にくるのは当然だ」

「すみません」

隆義の部下になった覚えはなかったが、年下で教えを乞《こ》う身である未紘は、彼のいう目下の者ということになるのだろう。

「ああ、日本の習慣を知らない外国から来た客人との待ち合わせの場合は、早すぎると迷惑にしかならないから、気をつけろよ」

気をつけるもなにも、そんなグローバルな相手と待ち合わせをする機会など、未紘には今までになかったし、これからもない気がする。だが、素直に頷《うなず》くことにした。

「……わかりました」

それにしても、伊勢知グループの各部門の取締役である彼らが、どうしてわざわざこうしてやってくるのだろうか。昨日の衛太と陸にも驚いたが、まさか隆義まで自ら現れるとは思ってもみなかった。

父に頼まれたとはいえ、未紘のことは部下に任せるだろうと思っていた。ずっと快く思っていなかった女の娘の顔など、見たくないに違いないのに。

思わずじっと隆義を見つめると、彼は怪訝《けげん》そうにこちらを睨みつけてくる。

「なんだ」

「いえ……。お父さんの……伊勢知さんのことを、お好きなんだなと思って」

そうでなければ、わざわざ忙しい時間を割いて、未紘の前に現れはしないだろう。

不服ながらも兄弟たちは父のことを心配していて、未紘を見張るため、自ら手伝っているのかもしれない。

「あんな男を、好きなわけがないだろう。冗談でも気持ち悪いことを言うな」

眉間《みけん》に皺《しわ》を寄せて、隆義は不満そうに言い返してくる。まるで親に反発している思春期の少年のような態度だ。なんだか微笑ましくて、思わず破顔してしまう。

「そうですか」

「どうして、ニヤニヤしている。お前は人の話を聞いているのか」

これ以上、彼の父の話を続けていたら、機嫌を損ねられてしまいそうだ。未紘は話を変えて、隆義に尋ねる。

「今日は、よろしくお願いします。なにから教えていただけるのでしょうか」

軽く会釈すると、途端に隆義は顔を顰《しか》めた。

「立ち居振る舞いからだな。……なんだ、その適当な礼の仕方は」

さっそく小舅《こじゅうと》のごとく文句をつけられ、慌てて姿勢を正した。

「あと、相手から目を逸《そ》らしたまま話をするな。目を見られないなら、せめて顔をこちらにむけて、ネクタイの結び目あたりでも見ていろ」

男の人とふたりきりでいると落ち着かない。つい距離をとった挙句に、目まで逸らしてしまっていた。そのことに隆義は素早く気づいて、指摘してくる。

「気をつけます……」

必死に隆義を見上げようとするが、視線の強さについ顔を逸らしてしまう。

「昔のことが、そんなにトラウマになっているのか」

彼は溜息《ためいき》交じりに尋ねてくる。

「え……」

どうやら隆義は、未紘が男から恐ろしい目に遭わされたせいで、男性が苦手になっているという話を、衛太から聞いているらしい。

「はい……。子供の頃の話なのに、怖くて……。特に背の高い男性が……苦手で……」

思い出すだけで、身体が震えそうになる。

「そうか。……ならば、慣らしてやる。そこに座れ」

隆義は神妙な顔で命令すると、応接セットのソファーに未紘を座らせて、自分は向かいに腰かけた。

「……あの……、どうやって……？」

「す、すみませんっ」

不安になって尋ねると、脇に用意されていた段ボール箱から、隆義は分厚い本の数々を目の前に積み上げていく。

「まずは基礎をすべて頭に叩き込め。実践はそれからだ」

本の題を見る限り人への挨拶《あいさつ》の仕方から話題の振り方、食事の摂《と》り方や茶道華道、おまけに着付けや琴の教本まである。

堆《うずたか》く積まれた本を前に、未紘は呆然《ぼうぜん》とするしかない。

自慢ではないが、記憶力に自信などない。こんなにも大量に覚えるなんて無理だ。

「……む、無理です」

「やる前に音をあげるな。解らないところがあるなら、教えてやる。お前は文句を言わずに本を読め」

「でも……」

「やるんだ」

鋭い眼差《まなざ》しで睨みつけられ、未紘は仕方なく本を開く。

「手を出せ」

鋭い声で命令されると、つい大人しく従ってしまう。

「はい」

恐る恐る右手を出すと、テーブルの向こう側から隆義はギュッと手を摑《つか》んでくる。

未紘はとっさに手を振り払おうとするが、彼は放してくれない。

「なにをするんですか……」

泣きそうに顔を強張《こわば》らせると、隆義は言った。

「慣らしてやると言っただろう。手を繋《つな》ぐだけだ。なにもしない。本を読み終わるまで、お前はこのままでいろ」

「そんな……」

男の人と手を繋いだままでは、緊張してなにも覚えられないことは目に見えている。

「あの、……これでは頭に入らないと思うんですが」

「入らないなら、二度でも三度でも読めばいいだろう。いいからお前は言われたようにしろ」

暴君のように言い放つと、隆義は秘書に書類を運ばせ、本を読む未紘の前で仕事を始めてしまう。これでは話しかけられない。

仕方なく読書を始めるが、温かな隆義の手が気になってしょうがなかった。

男の人の大きく骨ばった長い指だ。彼はこちらに見向きもしないため、恐ろしさは次第に消えていく。その代わりになんだか気恥ずかしくて、頬が熱くなってくる。

「……っ」

未紘はギュッと唇を閉じて、懸命に活字を目で追おうとした。だが、頭に入らない。

四苦八苦していた未紘だったが、隆義がまったく自分を気にせず、空気のように扱って仕事をしている姿を見ていると、次第に落ち着きを取り戻し始める。

彼は公園で自分を襲ってきた男とは違う。そう理解すると勝手なもので、緊張の糸がほどけてくる。

落ち着くと、本が読めるようになった。

食事時のカトラリーの使い方、テーブルマナーに、挨拶の仕方、お茶の本など、読み進めるたびに知らなかったことに気づかされ、次第に興味が湧いてくる。

しかし何冊か本を読み終わると、目の疲れから次第に眠気が襲ってきて、うつらうつらと微睡《まどろ》み始めてしまう。

「おい」

「……ん……」

ガクンと前のめりになってしまったとき、支えるように肩を掴まれ、未紘はふいに目が覚める。

「眠気覚ましにコーヒーを用意させた。ミルクと砂糖はいれるのか？」

「え？　えと……」

好みを答えると、隆義は片手で手早く準備をして、カップとソーサーだけを未紘の前に差し出してくる。片手でも飲みやすいようにしてくれたらしい。

「ありがとうございます」

「寝ぼけたお前に任せると零《こぼ》してしまいそうだからな」

反論できなかった。確かに器用な隆義と違い、片手でコーヒーを飲む用意をしていたら、零してしまっただろう。

「いただきます」

芳《かぐわ》しい香りを嗅《か》いでから、ひとくち啜《すす》ってみると、苦みと酸味のバランスが絶妙で、とてもおいしい。

「わぁ……、すごい……」

自分はあまりコーヒーにこだわりはない方だと思っていたが、これは心からおいしいと思える。未紘が瞳《ひとみ》を輝かせていると、隆義はこちらにチラリと一瞥《いちべつ》してくる。

「大きく口を開け」

鋭い声を出されると、まるで軍曹に命令された兵士のように、思わず言うことを聞いてしまう。

「は、はいっ！」

言われた通り口を開くと、隆義はテーブルの上に置かれたお菓子の載ったトレーから小さなクッキーを抓《つま》みあげて、口に押し込んでくる。

「んんっ！」

隆義の思いがけない行動に、未紘は瞳を丸くした。

「本を汚すな。欲しいものがあったら食べさせてやるから言え」

面倒をかけさせなくても、手を放してくれるだけで充分な気がする。コーヒーの準備だってそうだ。

「……あの……手を……」

「なにか言ったか！」

「い、いえっ」

口の中にいれられた小さなクッキーを咀嚼《そしやく》すると、サクサクとしていてふんわりとバターの味が広がる。とてもおいしいクッキーだった。

「顔が綻《ほころ》んだな。うまかったのか」

まだ咀嚼し終わっていなかったので、コクリと頷《うなず》く。すると、食べている途中なのに、次はココアクッキーを口に押し込まれる。

「うまいか？」

まだ嚙《か》んでもいないのに、味など解らない。未紘は答えられず、必死に飲み下そうとしているのに、隆義はさらにクッキーを押し込もうとしてくる。

「……っ！」

このままでは息が出来なくなってしまう。

未紘は一番大きなクッキーを、えいっと勢いよく隆義の口に無理やり押し込めた。

「なにを……んぐっ」

その間に、自分の口のなかのクッキーをどうにか飲み込むことが出来て、安堵《あんど》の息を吐いた。もう少しで喉《のど》に詰まってしまうところだった。

「マナーの先生が、食べ物で遊ばないでください！」

隆義もクッキーを飲み込んだようだった。彼は気まずそうに眉根《まゆね》を寄せる。

「別に遊んだつもりはない。……うまいものを食べさせれば、もっと笑うかと思っただけだ」

確かにひとつめのクッキーを食べさせてもらったときには、おいしさのあまり顔が綻んだ記憶があった。

「飲み込めないのに無理やり食べさせられていたら、笑うどころか苦しくて悶絶《もんぜつ》してしまいます」

未紘が批難すると、隆義は喉の奥で笑いを噛み殺す。

「く……っ」

「なにがおかしいんですか」

「……いや、……お前が頬袋をパンパンにしているところを想像したんだ」

未紘はハムスターではないのだから、頬袋なんて持ち合わせていない。人の変な顔を勝手に想像しないで欲しかった。

「笑うなんてひどいです。隆義さん！」

泣きそうになりながら言い返すと、彼が驚いた様子でこちらを見つめてくる。

「あの？」

「いきなり名前を呼んでくるから驚いただけだ」

「すみません。衛太さんがみんな同じ名字だから、名前で呼ぶようにって……。いけませんでしたか？」

言われてみれば、他の兄弟たちからは、名前で呼ぶ許可をもらったわけではなかった。もしかして失礼だったのだろうか。

「……いいや。そのままでいい。お前は本の続きを読んでいろ」

隆義はさっきまでの気迫が嘘のように、戸惑った声で言い返す。彼の指が、ほんの少しだけ温かさを増した気がした。

＊＊　＊＊　＊＊

前日の勉強疲れが取れないまま月曜の朝になった。

アパート近くの日本料理店に向かうと、衛太がすでに待っている。

「おはよう、未紘。あれ？　陸兄さんのところに行ったはずなのに、あんまり変わってないね」

陸の会社からは、すでに大量の服や化粧品が届けられていた。化粧品はどうにか使っている。しかし、おとなしい色味を好む未紘には華やか過ぎて、気後れしたあげく、結局袖《そで》を通せなかったのだ。

「すみません。勇気がでなくて」

正直に答えると、衛太はニコッと笑ってみせる。

「明日《あした》着て来なかったら、キミの『スルメ服』ぜんぶ強制撤去するから」

勝手に人の持ち物に失礼な名前をつけないで欲しい。

「そんなことができるはずが……」

衛太はアパートの鍵《かぎ》を持っていないし、恐ろしい予告をした相手を、部屋にいれるつもりなどない。

「え？　できないと思うんだ。へぇ……。キミのアパートの管理しているのって、うちの系列の子会社なんだけど」

「たとえ大家だとしても、人の家に勝手に入るなんて、犯罪です！」

必死に訴えた。すると、彼は未紘の頬をキュッと抓んでくる。

「それぐらいどうとでも処理できるよ？……ガタガタ言わずに、おとなしく言うことを聞いた方がいいんじゃないかな？　撤去がいやなら、服ぐらい無理やり着せてもいいんだけど」

衛太は穏やかな笑みを浮かべているのに、まるで脅されているような気分だった。

「……あ、明日……着てきます……」

「うん。よろしい」

テーブルのうえを見ると、約束通り衛太のぶんの食事も並んでいた。

二人分の料理をみていると、嬉《うれ》しくなってくる。陸のところでは、彼は忙しいらしく、栄養バランス食品で済ませると言っていた。隆義のところでは、テーブルマナーの講師に付きっきりで指導されていたため、食べた気すらしなかった。

男の人は苦手だが、やはりこうして、人と食卓を囲めるのは嬉しい。

「どうして笑ってるの」

衛太は不思議そうに首を傾げる。

「誰かとご飯を食べられるのって、幸せなことですよね……」

父が事故で逝去して、母が追うように亡くなって、たったひとりになるまで、そんな当たり前なことに気づかなかった。

「そう？　会食でいつも人がいるけど、旨いなんて思ったことないよ。あれならひとりの方がマシだって」

それは仕事だからではないのだろうか。

「食事時ぐらい、仕事を入れないようにできないんですか」

「結婚したら、『妻を待たせてるので……』って言い訳できるだろうけど、独身じゃ無理じゃないかな。なんなら、オレの奥さんになって、幸せになる？　朝も昼も夜も一緒に食べてもいいよ」

からかわないで欲しい。食事の相手が欲しいから、誰かと結婚するなんて、間違っている。そんな理由で気軽にプロポーズしないで欲しかった。

「そんなことしません！　なにを言ってるんですか」

ムッとして衛太に言い返すと、彼は呆然《ぼうぜん》とした様子で、こちらを見つめてきた。

「あの……、衛太さん？　どうかしましたか？」

声をかけても、衛太は黙り込んだまま返事をしない。

「衛太さん」

もういちど呼ぶが返事はない。

もしかして熱でもあるのだろうか？

彼は心ここに非《あら》ずといった様子で、ぼんやりとしていた。いつもの彼からは考えられない態度だ。やはり熱でもあるのかもしれない。

放心している衛太を見ていると、今なら怖くないという気がしてくる。

「……大丈夫ですか……」

心配のあまり未紘は立ち上がり、彼の額に手を伸ばして熱を確かめようとした。

「な、な、なにっ」

いつもと立場が逆になったように、彼は狼狽《ろうばい》している。

「なんど声をかけても、ぼうっとしているみたいだったので、熱でもあるのかと思って……。測ろうと……。す、すみませんっ」

いくらなんでも失礼だっただろうか。しかし未紘が熱を出すと、いつも両親は額を合わせて、測ってくれていた。自分より少し冷たい体温が気持ちよかったことを、今でも覚えている。だが、額ではなく手とはいえ、知り合ったばかりの人間にするようなことではなかった。

「ごめん。ちょっと今、胸が……」

彼は言いかけるが口籠《くちごも》ってしまう。

「胸が……？」

「心臓とまりかけたあとで、暴走してる……」

意味が解らない返答をされ、未紘は首を傾げる。すると、衛太は小芋の煮つけを箸《はし》で取ると、いきなり未紘の口のなかに押し込んできた。

「んんっ！」

とつぜんの事態に、未紘は目を丸くする。やはり衛太は、兄弟である隆義と行動がよく似ている気がした。昨日も未紘は隆義に、クッキーを無理やり口に押し込まれて、難儀したばかりだ。

そんなことを考えていると、衛太が腕時計を確認している姿が見えた。

「オレのことはいいから、早く食べれば？　会社に遅刻するよ」

未紘も時計を確認して真っ青になる。いつもなら、もう電車に乗っているような時間になっていたからだ。

「あっ！」

悠長にご飯を食べている暇はなさそうだった。

「わ、私……ごめんなさい。急がないと……」

残すのは申し訳なかったが席を立とうとすると、衛太がとんでもないことを言い出す。

「残したら、品数分キスするから」

「ええ!?　そんなっ」

未紘は驚愕《きょうがく》して衛太を見つめる。彼は明るい声音だったが、目が本気だ。

冗談を言っているようには見えない。

「矢生姜《はじかみ》と飾りの南天の葉ぐらいなら残しても許してあげるよ。キスされたくないなら、大人しく食べれば？」

こんなことを言われては、残すわけにはいかない。

「た、食べます」

必死に料理を口にしていると、彼が付け加えてくる。

「そうそう。オレ、ディープキスしかしないから、残したときは覚悟しといてね」

「んぐっ」

思わずお味噌汁《みそしる》を吹いてしまいそうになった。

「未紘。食べられないものってある？　ついでだから、克服できるように毎食いれてあげるよ。もちろん、それも食べられなかったらキスするけど」

衛太にはぜったいに苦手な食べ物を知られないようにしなければならない。未紘は固く心に誓った。

＊＊　＊＊　＊＊

未紘はどうにか始業前に会社に滑り込むことができた。

ホッとして席につくと、後輩の柴本亜衣が、話しかけてくる。

「先輩。珍しいですね。いつもは課内でいちばん早く来られるのに」

「う、うん。ちょっと用事があって……」

まさか先日のコンパに来ていた相手と食事をしていたなんて、言えるわけがない。

「化粧品、変えましたよね。シャンプーも。どうしたんですか」

あまりの目聡《めざと》さに、息を飲む。先ほど会った衛太は、『陸兄さんのところに行ったはずなのに、あんまり変わってないね』と言っていたのに。

「なにを使ったのか、教えてください。たった二日で化粧のノリがそんなによくなるなんて、かなりいいものですよね」

自分で買ったものではない。陸に渡された伊勢知グループのコスメ部門で最高級ブランドの化粧品だ。

「……メログラーノ……」

嘘を言うわけにはいかず、正直に答える。

「そのブランド、百貨店でしか買えないものじゃないですか。普段そういうところに足を向けない先輩がどういう心境の変化ですか」

人に与えられたまま使っているだけの身では、応《こた》えようがない。

「あの……それは、その……」

おろおろしていると、柴本がそっと耳打ちしてくる。

「男性からプレゼント、されたんですか……」

ギクリと身体が強張《こわば》った。どうして解ったのだろうか。

「お金持ちの彼氏ができたんですね？……そういえば先輩。金曜日のコンパ、衛太さんと一緒に示し合わせて抜けてましたよね……まさか……」

柴本は恨みがましげな視線をむけてくる。

誤解だ。未紘は確かにひとりで帰った。しかし衛太が跡をつけてきたのだ。

「ずるいなぁ。私も狙ってたのに。バージン捧《ささ》げて、プレゼントまでもらっちゃいましたか？」

その言い方では、まるで未紘がお金目当てで、身体で衛太を口説いたかのように聞こえる。

「ち、違……」

だいたい衛太が未紘の身体など欲するわけがない。考えればわかることだ。

誤解をとこうとしたとき、課長が未紘に注意を促してくる。

「おい、川内。いつまで遊んでいるんだ。始業のベルが聞こえなかったのか」

一緒に話していた柴本は咎《とが》められることはなく、未紘だけがその後も課長の小言を聞かされる羽目に陥ってしまった。

昼休みはうまく会社から抜け出したものの、終業になれば、柴本は朝の話をさらに追及してくるに違いなかった。

言い訳を考えなければならないのに、なにも思いつかない。

どうしようかと焦れば焦るほど、時間が過ぎていく。そうしてついに、時計の針が十七時を示しかけたとき、ロビーの方からざわめきが聞こえてくる。

「……？」

いったいどうしたのだろうか。思わず出入り口の方へと首を向ける。ちょうど扉が開いて、オフィスには到底似つかわしくない青年が姿を現す。

中性的で麗しい面差し、華奢《きゃしゃ》だが均整のとれた身体、まるでモデルのウォーキングを見ているかのような優雅な足取り。現れたのは伊勢知の三兄弟の次男、陸だった。

「り、陸さん……っ!?」

どうして彼がここにいるのだろうか。未紘が茫然《ぼうぜん》としていると、優雅な足取りで陸が近づいてくる。

「……もう仕事終わったよね。行くよ」

「どうしてここに？」

「あなたを迎えに来る以外に理由なんて考えられる？　無駄なこと聞かないの。……なにその恰好《かっこう》……。僕の選んだ服が気に入らなかったってこと？」

冷ややかな眼差《まなざ》しで見つめられ、未紘は必死に首を横に振った。

「ち、違いますっ、気後れしてしまって……。つい……」

言い訳していると、そこに後輩の柴本が近づいてくる。

「あの……先輩にはいつもお世話になっている柴本といいます。……はじめまして」

どんな男でも蕩《とろ》けそうな微笑みを浮かべ、柴本は長い睫毛《まつげ》を瞬《しばたた》かせながら陸を見上げる。柴本にこんな表情を向けられた男性たちは、今まですぐに態度を軟化させていた。

陸も同じようになるのだろうか。陸を見上げると、彼の様子がおかしいことに気づく。

柴本を一瞥《いちべつ》した陸は、なぜか顔を曇らせて、黙り込んでしまった。

「先輩とはどういうご関係ですか」

「あなたに関係ある？」

「え？　ええ。大事な先輩のことですから……」

柴本もいつもと勝手が違うため、戸惑っているらしかった。彼女に険しい表情を向けた男性を見たのは、陸が初めてだ。

「婚約者のひとり、ってところかな。あと三人ぐらい面倒なのがいるから、抜け駆けしに来たんだ」

あと三人というのは、もしかして伊勢知長嗣総理大臣と、隆義と衛太のことだろうか。

誰もが振り返るような美丈夫の登場というだけでも室内の同僚たちは好奇心いっぱいの

眼差しを向けてきていた。それなのに、彼の問題発言によって、さらに騒然となる。

「り、陸さんっ！　こんなところで冗談言わないでくださいっ。行きますよ」

いつもなら男性に近づくこともできないのに、焦った未紘は陸の腕を摑《つか》んだあげくに、ぐいぐいと引っ張った。どうにかエレベーターの前に辿《たど》り着く。すると陸が不思議そうな表情で見下ろしてくることに気づいた。

「……すみません。いきなり腕を摑んでしまって……」

パッと手を放そうとすると、陸が静かに言った。

「そのままでいて」

「え……？」

とっさのことだからできたことだ。ふと我に返ると、腕を組んでいるかのような恰好に居たたまれなくなってくる。

「あの……、ど、どうして……ですか……」

じっと見つめられる視線に狼狽《ろうばい》している間に、エレベーターが到着した。

「私、階段でおりますからっ」

パッと手を放して回れ右をしようとすると、陸に襟を摑まれる。

「顔が真っ赤でかわいいけど、……あなたは今手ぶらだよ。鞄《かばん》とか持たなくていいの？」

言われてみれば、財布もなにも持っていない。

「すみません。すぐに用意します」

「うん。下で待っているから、……僕を怖がらずに階段じゃなくて、エレベーターで降りて来なよ」

からかうような口調でクスリと笑われ、未紘はますます真っ赤になってしまった。

＊＊　＊＊　＊＊

更衣室に荷物を取りに行くと、同僚たちが陸について質問責めにしてくる。それを躱《かわ》して、未紘は階下で待つ彼の元に向かった。

「お待たせしました。……今日はなにを？」

わざわざ会社にまで迎えに来たのだから、なにか重大な用でもあるのだろうか。

「食事をしてから、髪を整えに行くつもりだけど。他になにかしたいことはある？」

美容関係に関してかなりおざなりだった未紘に、希望などあるわけがない。

「いえ、特には……」

未紘の返事を聞いた陸は、呆《あき》れたように溜息《ためいき》を吐く。

「僕の言ったことを忘れたみたいだね。……自分の身体に興味を持つように言ったはずだよ。ちゃんと関心を持てているのなら、コンディションによって、やりたいことぐらいすぐにみつかるはずなんだけど？」

そんなことを言われても、一朝一夕で人の性格が変わるわけでもないし、庶民としてはお財布の中身と相談しなくてはならない。

「でも……」

「今、お金のこと考えてない？」

「どうしてわかるんですか」

「うちがぜんぶプロデュースするって言っているのに、今さらエステやサロンのひとつやふたつの代金なんて請求しないよ。むしろ結果を出さなきゃ、あいつらにバカにされるのは僕なんだから」

『あいつら』というのは、どうやら隆義と衛太のことらしい。言葉の端々から、兄弟仲の悪さが窺《うかが》えた。

「髪と爪を今日中にどうにかするにしても……」

陸はじっと未紘を見つめてきた。その表情は笑っているのに、口元が怒りに引き攣《つ》っているようだった。

「コンタクトをつくったはずだけど？　化粧の仕方も教えたし、服も渡したのに、どうして使っていないのか、理由を教えてくれる？『基礎化粧品は使いました』とか当たり前のことは言わなくていいから」

陸は穏やかな声で尋ねてきているはずなのに、未紘は身体が震え出しそうな威圧感を覚えずにはいられない。

「もしかして、ひとりじゃむずかしいのかな？　毎朝僕に準備を手伝って欲しい？」

彼の瞳《ひとみ》は真剣だ。冗談ではなく、本気で言っているらしい。

「ち、違いますっ」

未紘は慌てて首を横に振る。

「会社でも言いましたが、気後れしただけです。明日《あした》からは必ず……」

必死に訴えると、未紘の後ろで纏《まと》めた後れ毛を、陸はくるくると指で絡めてくる。

「約束だよ。破ったら、お利口になるまで、毎朝勉強させるから」

早朝からアパートに陸を招き入れるなんて、できるわけがない。男の人が相手であるのもさることながら、寝起きのひどい顔なんて、こんな綺麗《きれい》な人に見せられない。

「ちゃんと自分でしますっ。だから、アパートに来ないでください」

青くなったり赤くなったりしていると、彼は新しいおもちゃを見つけたようなキラキラした瞳で見つめてくる。

「うん。いい子にしていたら、ご褒美をあげる」

陸からは服や化粧品だけではなくヘアケア製品にいたるまで色々なものをもらっていた。これ以上、なにを渡そうとしているのだろうか。

「ご褒美ってなんですか」

まるで宿題を溜《た》めこんだ子供みたいな扱いだ。

「……なにがもらえるか聞かないと張り切れない？」

「そういうわけでは……」

未紘には欲しいものなどなかった。心から望んでいるものは、家族団欒《だんらん》の時間だけだ。両親は亡くなったので、お金では買えない。

「……私の欲しいものは……、もう手に入らないので……」

返答に困った未紘が黙り込んでいると、ふにっと頬を摑まれた。

「え!?　あの……、放してくださいっ」

陸はそのまま引っ張って、柔らかな感触を堪能《たんのう》した後で手を放し、なぜかジッと自分の掌《てのひら》を見つめていた。

「陸さん？」

彼が見ているのは未紘を触っていた方の手だ。

もしかしてファンデーションが彼の指についてしまったのだろうか？

未紘は心配になって声をかけた。彼は顔をあげ、真摯《しんし》な眼差《まなざ》しを向けてくる。

「……あなたになら、なんでもあげる」

「えっ？」

陸の返答に、未紘は思わず素《す》っ頓狂《とんきょう》な声をあげてしまう。

「あなたの欲しいもの、なんでもあげてもいいよ。……なんか今そう思った。だから今すぐじゃなくていいから、欲しいもの考えておいて」

彼の言葉の意味を測りかねて、未紘は呆然《ぼうぜん》とする。

「えと……あの……」

もしも未紘が途方もないものを欲したら、どうするのだろうか。どこかとらえどころのない陸を見ていると、口にしたものを本当に手にいれてしまいそうに思えてくる。

よくよく考えれば陸は、母の言葉ひとつで総理大臣にまでなってしまった伊勢知長嗣の子供だ。不用意なことは言わない方がいい。

「それより、お腹……空《す》きましたね」

他の話題がなにも思い浮かばず、未紘はそう言って誤魔化した。

「ああ、ごめんね。未紘さんは仕事を頑張っていたから、お腹が空いているよね。じゃあ店に急ごうか」

陸は自分が車道側に立って、歩き始める。しかし、衛太から渡されている予定表にあった店とは逆方向だ。

「今日のお店は向こうだと思うんですけど」

後ろを振り返ろうとする未紘に、陸は悪びれない笑みを向けてくる。

「いいんだよ。僕は衛太の店には行かないことにしているから。まあ、あっちも来られたくないだろうから問題ないよ」

当たり前のように陸が告げると、一軒のレストランに入って行く。レンガ造りに蔦《つた》の絡む外装に、玄関先に置かれた牛乳タンクや水車のせいか、イギリスの湖水地方の長閑《のどか》な田舎町のような雰囲気だ。

「……で、でも……。必ずと言われてますし……」

決められた献立と食事量で過ごすように言われているのに、本当にこんなことをしていいのだろうか。

「いいから。今日は行けないって、僕が連絡しているから、気にしなくていいよ。ああ、でもあなたの食べるメニューは、こっちで決めさせてもらうけど」

結局は押し切られる形で、席に着くことになった。

陸が選んだレストランは、京野菜をフランス料理に用いたコラボレーションが売りの店だった。食材を生かす日本料理の手法が取り入れられたもので、フランス料理と聞いて想像するような濃厚な味付けではなく、シンプルで味わい深い。

しかし、食後のデザートはショコラやクリームが少しずつ盛られたデザートプレートで、結局はかなりのカロリーを摂取してしまった気がする。

「……こんなに食べて大丈夫なんでしょうか……」

おいしさのあまりつい食べ過ぎてしまって呆然としていると、陸は首を傾げてみせる。

「うん。だめじゃないかな。この数日の苦労が水の泡だね。出来る限りの時間、うちで運動がんばって」

「そんな……っ」

綺麗になるように厳命しておきながら、どうして邪魔するような真似をするのだろうか。未紘は泣きそうになってしまう。

「嘘だよ。ここの料理はかなりカロリーが控えてあるから安心していい」

陸の言葉に安堵《あんど》して、未紘はホッと息を吐く。

「……って言われたら、嬉《うれ》しい？」

またからかわれてしまったらしい。こんなときの陸は本当に幸せそうで、生き生きしている気がする。

「陸さんっ！　どっちなんですか」

「僕を信じるか、疑うかはあなたに任せるよ。でも大丈夫。もしもプクプクで残念な姿になっても、僕が責任をもって毎日かわいがってあげる」

もしかしてそれは、プロポーズなのだろうか。未紘が目を丸くしていると、彼はニヤリと笑って続けた。

「もちろん、ボールの代わりに」

いくら太ってしまったからといって、投げられたり蹴《け》られたりするなんてまっぴらだ。

「け、結構です」

いっぱいになってしまったお腹を押さえながら、しょんぼりとしていると、陸は優しく頭を撫《な》でてくる。

「落ち込まなくても、カロリーを抑えた美容食の店なんだから、問題ないと思うけど」

「……問題ないんですか？」

「さっき言ったはずだよ。僕を信じるか疑うかは任せるって。……もしかして疑うことにしたんだ？　ひどい子だね。僕はこんなにあなたの為に尽くしているのに、傷ついてしまうよ」

陸はふうっと溜息《ためいき》を吐くと、肩をすくめてみせる。

「ひどいのはどっちですかっ」

懸命に言い返すと、陸はクスクス笑い出す。未紘は本当に焦っていたのに、彼はとても楽しそうだ。

「未紘さんじゃないの？　僕を疑うから、泣く羽目になるんだよ。ああ、もうこんな時間だ。あまり遅くなると、スタッフが残業になるから、そろそろ行こうか」

そういえば今日はサロンに行くのだと言っていた。

彼の言葉に翻弄《ほんろう》されているうちに、すっかり忘れてしまっていた。

店を出て、徒歩ですぐ近くだというサロンに向かっていると陸が尋ねてくる。

「髪は長い方が落ち着くんだよね？　あなたの性格だと、髪を染めて伸びても放っておきそうだから、色は変えない方がいいかな。あとはアレンジしやすいように……」

てっきりバッサリ切られてしまうのだと思っていた未紘は驚いてしまう。

「切らなくてもいいんですか？」

「もちろん。それなりに長くないとウェディング用のアレンジがしにくいからね」

思いがけない返答に息を飲むと、彼はまたいたずらっ子のように笑う。

「……っていうのは冗談だけど」

どうして陸は、未紘を脅かすようなことばかり言うのだろうか。未紘が拗《す》ねた表情で唇を結んだ。

「ごめんってば、もう脅かさないから、そんな顔しないの」

ちょんと鼻先をつつかれて、未紘は目を丸くした。

「よく『イメチェンだ』……とかいって、口車にのせてばっさり髪を切らせる美容師がいるけど、僕はそういうのあまり好きじゃないから。どうしても切りたいっていうなら別だけど、その人の好みの長さで、最上級に綺麗にしてあげたいと思う」

初めて会ったときは、どこかぼんやりとしていて、あまり口数が多そうではないように見えたのに、陸は自分の仕事のことになると、特に饒舌《じょうぜつ》になるらしい。

「たとえば、この艶《つや》のないパッサパサの髪が、艶やかで弾力のある髪になって、さっとブラシを通すだけで前髪が思うように決まるようになったら、それだけでも嬉しいと思わない？」

「はい、すごく嬉しいと思います」

自分もそんな風に変われるのだろうか？　自分の前髪をひと房持ち上げながら頷《うなず》くと、陸は満足げに微笑む。

「僕が叶《かな》えてあげる。……だから、毎日の手入れをサボらないようにね？」

サボったらただでは済まさないとばかりに、陸から黒い笑みをむけられ、未紘はコクコクと頷いた。

「わ、わかりました。ちゃんとやります。……それにしてもやっぱり陸さんも、自分のお仕事が大好きなんですね」

陸が取締役をしている伊勢知グループのペッレは女性を美しくするための会社ばかりだ。彼はその仕事に対して、信念があるように見える。

「本当にそう思う？　僕はよく皆にやる気がないって怒られているんだけど」

「すごく楽しそうだし、頑張っているんだなって、伝わってきますよ」

あまり美容に興味のない未紘ですら、彼の話を聞いていると、綺麗《きれい》になりたいと思えるぐらいだ。褒めたつもりだったが、未紘の言葉を聞いた陸はなぜか黙り込んでしまう。

「……偉そうに言って、すみません」

もしかして失礼な言い方をして、機嫌を損ねてしまったのだろうか。未紘は慌てて謝罪した。すると、彼は苦笑いしてみせる。

「怒ってるわけじゃないよ。まさかあなたに褒められて、嬉しいなんて、思う日がくるとは考えていなかったから、驚いていただけ」

考えてみれば、陸にとって未紘は、因縁のある女性の娘だ。そんな相手と一緒に談話したり食事をしたりしている。戸惑うのも無理はない。

「そうですね……。考えてみれば、不思議な縁です」

未紘もまさか母の四十九日に総理大臣がアパートにやって来て、プロポーズをしてくるなんて想像もしていなかった。その後、伊勢知長嗣の息子たちとこうして毎日代わる代わる会うことになった。

あんなにも空虚な日々を過ごしていたのが、嘘のようだ。今は目まぐるしすぎて、淋《さび》しさを感じる暇もない。

「当面は、あなたを人並みの女性にすることだけど……、どうしても駄目だった場合は、僕が考えてもいいよ」

「なにをですか？」

未紘は首を傾げるが、陸は説明しようとしない。代わりに足をとめた。

「さあついたよ。ここが卵を雛《ひな》に孵《かえ》す場所だ」

どうやら目的のサロンに到着したらしい。

中に入ると、室内の光に目が眩《くら》んでしまう。白を基調にした空間だ。余計なものはほとんど置かれていない床も中二階のある高い天井もモダンなインテリアの壁も真っ白で、窓やいくつもの鏡は磨き抜かれている。

その鏡のひとつに自分の姿が映ると、あまりの貧相さに恥ずかしくて回れ右してしまいそうになった。

「いい傾向だね。恥らうぐらいなら、まだ見込みがある。もっと鏡を見て、現実を直視しておくといい」

陸はそう言って、いじわるな笑みを浮かべると、一般用のフロアではなく、未紘を奥の部屋に案内する。

「この子だよ。言っていた通り頼むよ。あとは、髪の色を変えないのと、化粧は……」

スタッフと陸が細かく打ち合わせしている間に、未紘はたったひとつだけ置かれた洗髪台やカットのための椅子を眺めていた。

「じゃあ、後はよろしく。終わるまで事務所を借りるよ。僕は二、三件ほど片づけることがあるから」

陸がそう言って去って行くと、途端に不安になってしまう。未紘は、初めて保育園に預けられた幼児のように泣きそうになっていた。

不安な表情を浮かべてキョロキョロとしていると、美容師が話しかけてくる。

「そんなに珍しいかしら？　ここは特別なお客様だけの部屋なの」

「特別な……？」

どうして自分がそんな席に案内されたのか解らず、首を傾げた。

「ええ。とうぜんでしょう。取締役が初めて仕事以外で、ここを訪れたんですもの」

陸はいくつもの店を持っている。つき合っている女性を案内するときは、ここではない他の店に行くのだろうか。ぼんやりとそんなことを考えていると、美容師が苦笑いを浮かべる。

「もしかして、他の女性はどうしていたのか……なんて、考えてないわよね」

「どうしてわかるんですか⁉」

未紘は目を丸くした。このところよく人に心の内を言い当てられるが、もしかしてそんなにもわかりやすい行動をとっていただろうか？

「なんだか意外だわ。取締役が、こういう子がタイプだったなんて」

どうやら陸と恋人同士だと誤解されたようだ。未紘は慌てて訂正しようとした。

「私、陸さんと……」

恋人同士ではないと言いかけたときだった。

「実は、あまりにも取締役に女性の影がないから、みんなあの人はゲイなんじゃないかって噂していたぐらいなの」

思いがけない話を聞かされ、唖然《あぜん》としてしまう。

「ゲイ？」

陸は中性的でたおやかで美しい容姿をしていた。確かに男の人が恋人として横に並んでも違和感などない気がする。

「もちろん、今は違うってわかったんだけど」

美容師は申し訳なさそうに手を振る。未紘は陸の恋人ではない。しかし、今そのことを訂正すると、真実かどうかも分からない噂がまた蔓延《まんえん》してしまう。

未紘みたいな女を恋人と誤解されるのと、ゲイだという噂が蔓延するのとでは、陸にとってどちらがいいのだろうか。

どうしていいか解らず、未紘は余計なことを言わないように、口を噤《つぐ》むことにした。

「あの……、今日はよろしくお願いします」

深々と頭を下げると、美容師は目を丸くする。

「本当、意外な趣味……」

＊＊　＊＊　＊＊

サロンでは特別に爪や化粧まで施してくれた。いつの間にか服も用意されていて、いつもなら着ないような丈のキャミソールワンピースと、ヒールの高い靴を履くことになってしまう。

「すみません。……上着は……ありますか」

「あるけど、後で渡すわね」

こんな露出の多い服を着たのは初めてだ。肩がすべて見えてしまっているし、背中も心許《こころもと》ない。スカートも押さえていないと落ち着かなかった。未紘が真っ赤になって震えていると、そこに陸がやってくる。

「終わったって聞いたけど」

陸は未紘に目を向けるなり、呆《ほう》けた様子で黙り込んだ。

きっと似合わな過ぎて呆《あき》れているのだろう。せっかく手をかけてもらったのに、その甲斐《かい》もないに違いない。

「わ、私……、も……う……、帰りますから。着ていた服を……」

髪や化粧をしてくれた美容師も、陸と一緒になって、じっとこちらを見つめてくる。

お願いだからもう見ないで欲しい。恥ずかしさのあまり涙が零《こぼ》れそうになってしまう。

「まさかこんなに綺麗になるなんて思わなかったわ。自分の腕を過信しそう。さすが取締役は見る目があるわね」

「……さすがの僕も、ここまでとは思わなかった。店長の腕もいいけど、案外素材もよかったってことかな」

陸はジャケットを脱ぐと、それを未紘の肩にかけながら抱き寄せてくる。

「……え……っ」

とつぜんのことに目を丸くしていると、陸が首を傾げる。

「寒そうに震えていたから。……違った？」

それを見ていたサロンの店長が、苦笑いしながら頭を押さえる。

「見せつけるわねぇ。上着なら、ここにちゃんと用意してるのに……、そんなに他の男に見せたくなかったのかしら」

サロンの店長は、ふたりが恋人同士だと誤解したままであることを思い出す。陸がうまく説明してくれるはずだと思って黙っていると、彼はとんでもないことを言い出した。

「彼女を脱がしていいのは僕のベッドのうえだけだからね。焦りもするよ」

「ええぇ!?」

未紘はさらに驚愕《きょうがく》するしかなかった。そうして、美容師からさんざんからかわれた挙句に、今度は車に乗せられ、ホテルのラウンジに連れて行かれる。

ここも長男の隆義の経営しているホテルとは、別の系列なのだという。

陸は徹底して兄弟たちの店には行かないようにしているようだった。

先日、兄弟たちと未紘が話をした日は、特別だったらしい。

気がつけば、もう陽は沈んでしまっていた。間接照明に照らされた薄暗い室内を、案内されていくが、慣れないヒールに転びそうになってしまう。

「おいで。もっと堂々として。『店中の男が自分に見惚《みと》れている』ってぐらいの意識を持った方が、かっこよく歩けるから」

だが短いスカートで歩くだけでも恥ずかしくて仕方がない未紘が、そんな風に考えられるわけがない。それに慣れないヒールが歩きにくくて、グラグラしてしまう。

「歩きにくい？　大丈夫、すぐに慣れるよ」

陸はさりげなく未紘の腰を抱いて、エスコートしてくれる。

「今日は逃げないんだね」

不思議そうに尋ねられ、未紘は俯《うつむ》く。

「なんだか、怖くない気がします」

男の人は苦手だったが、最初に会った時から陸だけは、それほど恐怖を感じない。

中性的な容姿をしているせいかもしれなかった。

――それに。

「陸さんは……、男の人が好きなんですか……？」

先ほど聞いた話を尋ねてみる。幼い頃に男の欲望をむけられたことで、本能的な恐怖を覚えてしまっていたが、陸にはそれを感じない。こんなことは初めてだった。

もしかしたら、怖くないのはそのせいなのだろうか？

そう思い尋ねてみると、陸は呆れた様子で溜息《ためいき》を吐く。

「今日は大人しく身を任せてるって思ったら、そういう理由だったんだ？　少しは警戒心を解いてくれたんじゃないかって、期待してたのに残念だよ」

「ご、ごめんなさい」

確かに本人の知らない間に噂話を聞いて、勝手に信じるなんて、失礼極まりない。

「僕はゲイじゃないよ。変な噂が流れるのも、仕方ないんだけどね。……僕は女が嫌いだから。……ああ、だからって男が好きなわけじゃないよ」

意外な話に、未紘は当惑してしまう。

女性を綺麗《きれい》にする仕事をしているとは思えない発言だ。

「不思議そうな顔だね。無理ないけど」

そう言うと、陸はウエイターに案内されたソファーに未紘を座らせ、そして隣に自分も腰かける。

座り心地がよく肌触りのいいレザー張りのソファーだった。広いラウンジのなかで他の席からは離れているため、人目も気にならないし喋《しゃべ》りやすい。

遠くにはレインボーブリッジの明かりが見える。

「お酒は飲める？　無理はしなくていいから、正直に答えて」

「甘いものなら少し……」

ビールの苦みは苦手だし、日本酒はアルコールがきつすぎる。会社の人間はみんな酒が強く、飲み会では、乾杯のときだけでも飲まなければならない雰囲気だ。そんなときはグラスに少しだけビールをもらって、レモンを搾り苦みを緩和させていた。

「じゃあ甘くて、軽いやつならいいかな。苺《いちご》と桃ならどっちが好き？」

「えと……、桃？」

「どうして他人事《ひとごと》みたいに答えてるの」

陸はクスクスと笑って、尋ねてくる。

「フルーツで食べるなら苺が好きですが、フレーバーだと桃の方が好きな気が……」

「そう？　じゃあ、桃味の甘いお酒を飲んでみる？」

「はい」

少しだけなら、大丈夫だろうと考えて、未紘は頷《うなず》く。

ほどなくして運ばれてきたのは乳白色をしたカクテルだった。陸は先日と同じ赤ワインを頼んでいた。

「乾杯」

軽くグラスを掲げる陸に合わせて、カクテルで乾杯すると、未紘は恐る恐る口をつけた。冷たくて甘い桃の味が口いっぱいにひろがっていく。アルコールも強くなさそうだし、これならぜんぶ飲めそうだ。

「危ない子だね。こんな風に相手に任せて、普段は飲めないお酒を簡単に口にすると、あっという間に酔わされて食べられちゃうかもしれないよ」

「え？」

甘いお酒だと思ったのに、実はアルコールが強かったのだろうか？未紘が戸惑い気味に目を瞠《みは》ると、陸は小さく笑ってみせる。

「そんなこともあるかもって話。油断しちゃいけないよ。特に隆義さんや衛太には」

忌々しそうに二人の名前を告げる陸に、未紘は尋ねる。

「陸さんは……、普段はとても優しいのにおふたりのことになると、なんだか……」

うまく言えずに口籠《くちごも》ると、陸は肩をすくめた。

「怖くなる？　そうだろうね。……実は、あなたに話をしようと思って、ここに誘ったんだ。……酔うまでいかなくても、飲まないと話せないから」

いったい、なんの話だろうか。じっと陸を見つめると、彼は自嘲《じちょう》気味に笑って、ワインを呷《あお》る。

「僕が女を嫌いな理由。……どうしてあのふたりと仲が悪いのか。あなたに知ってもらいたくて……。こんな話、聞きたくない？」

衛太に連れられて、初めてエレベーターで陸に会ったとき、『殺される』という物騒な話をしていたことが思い出された。

確かに気になっていたことだが、未紘が聞いてもいいような話なのだろうか。

「いいんですか……私に話しても」

「あなただから、聞いてもらいたいんだけど。……ああでも、あまり楽しい話じゃないから、嫌なら聞かなくていいよ」

どこか悲しそうな瞳《ひとみ》で見つめられては、拒絶なんてできない。

「聞かせてもらえますか」

人の過去を詮索《せんさく》するのは、躊躇《ためら》われる。知ったところで、凡庸な自分になにかできるとは思えないからだ。

それでも、話をすることで、陸の気持ちが楽になるのなら、聞きたいと思った。

「ありがとう。……話はね、今から二十年ほど前、まだ僕が十二歳だったときのことだよ」

＊＊　＊＊　＊＊

陸は十二歳で、母に捨てられた。原因は、伊勢知長嗣が長年片思いをしている相手に、自分が似ているのだと陸の母が知ったせいだ。

伊勢知と出会った当初、母は派遣社員として働いていた。地味で平凡で、なにひとつ取り柄のない女だった。しかし、町で買い物をしているところを伊勢知に呼び止められ、口説かれたことから、交際をすることになったのだという。

伊勢知が妻のある身であることは、最初から聞いていたらしい。だが、妻とは政略結婚で愛してはいないという言葉を信じたのだ
母も最初はからかわれているのではないかと疑っていたようだ。伊勢知グループの総裁で、しかも誰もが振り返るほどの魅力的な男性が、どこにでもいるような女を好きだと言ってくれるなんて信じられないのは当然だ。

しかし、長嗣の低く甘い声で囁《ささや》かれる美辞麗句にすっかり参ってしまったのだ。

そうして母は愛人の身のまま陸を産んだ後、長嗣の心を繋《つな》ぎ止めるため、女性として美しくなろうと努力したらしい。高価な服や化粧品で着飾り、髪をカットし、甘い香りのする香水を振りまいた。

母が着飾って懸命に追いすがる姿を、長嗣は物言いたげな瞳で見つめ、次第に興味をなくしていったのだという。

「あなたはなにもしなくても、そのままで充分に魅力的だよ」

様子のおかしい長嗣に不信を抱いた母は、彼が就寝している間に、手帳を盗み見てしまったのだ。そして真実に気づいた。

手帳に挟まれていたのは、いくつもの写真。地味で冴《さ》えなかった頃の自分によく似た他の女性。大切に扱われた写真の数々に、彼がどれだけ深くその女性を愛しているのか、思い知ったらしい。

たしかに長嗣の言葉に偽りはなく、彼は妻を愛してはいなかった。しかし、自分のことも心から愛していたわけではなかったのだと、初めて気づいたのだ。

母はまだ結婚もしたことがない身だった。それなのに愛人の立場に甘んじて長嗣の子を産んだのも、いつかは妻と別れるつもりだと言う彼と、正式に結婚できると信じていたからだ。だが、長嗣の心は正妻でも自分でもなく、別にあった。そのことを知った母は、長嗣に詰め寄り、激昂《げっこう》したらしい。すると長嗣は悪びれもせずに言ったのだという。

「出会った頃のあなたは顔も性格も、私の愛するあの人に良く似ていた。……でも、今は似ているところがない。どうしてしまったんだい？」

その言葉を聞いた母は絶望して長嗣に別れを告げ、彼の子である陸を、忌まわしい記憶とともに自分の傍から消し去ったのだ。

長嗣は陸を引き取り、正妻に自分の子供と同様に育てるように命じた。

「はじめまして。長嗣の妻の小夜子《さよこ》です。本当のお母さんだと思って、仲よくしてちょうだいね」

正妻の小夜子は優しく陸を迎えいれてくれた。和服姿の美しい人で、長い髪をきっちりと後ろで纏《まと》めた楚々《そそ》とした女性だった。これほどまでに綺麗な人は見たことがないと、陸は子供心に思ったほどだ。

長嗣と正妻の間には、中学二年になる隆義と小学三年になる衛太という息子がいた。隆義と衛太は陸に対してよそよそしく、同じ邸《やしき》に住んでいても滅多に言葉を交わすことすらなかった。義兄弟とはうまくいかなかったが、陸は淋《さび》しくなかった。小夜子がとても優しく接してくれていたからだ。

そんなある日、正妻の父の誕生会へと、隆義と衛太は出かけて行った。もちろん小夜子も一緒だ。

「ごめんなさいね。一緒に行きたいのだけれど、うちの父はとても厳しい人だから、きっとあなたに辛《つら》く当たると思うの」

申し訳なさそうに小夜子が謝罪した。確かに愛人の子が行けるような場所ではない。あいにく長嗣は海外に出張しているため、邸には誰もおらず、使用人たちとともに陸は留守番をすることになった。

――そして、夜更けに事件はおきた。

「……ん、……んぅ……」

息ができない。

次第に頸部《けいぶ》を圧迫される痛みと呼吸ができない苦しさに、陸は眠りから引き摺《ず》り戻され、目を見開く。

「うっ……、く……っんん……っ」

するとカーテンの隙間から月明かりが射し込んでくる。

ぼんやりとした光に照らされ、ベッドに横たわる自分に誰かが馬乗りになっている姿が闇夜に浮かび上がる。

「……っ！」

強盗。そんな考えが頭を過《よぎ》り、陸は真っ青になった。だが声を張り上げたいのに、恐ろしさのあまり喉《のど》の奥が潰《つぶ》れてしまったかのように、言葉を発することができない。

「……う……っ、ん……」

懸命に相手を押し返そうとしたとき、摑《つか》んだ腕が想像していたよりもずっと細いことに気づいた。そうして、鋭い刃物が闇のなかで鈍く光る。

強盗は大きな鋏《はさみ》を持っているらしかった。

包丁ではないとはいえ、あんなものを刺されては無事では済まない。

「……っ……こ……の……っ」

力の限り振り絞って、抵抗していると、地を這《は》うような女の声が聞こえた。

「大人しくしなさい……、あなたのおちんちんを切り取って、女の子にしてあげる。伊勢知の跡取りは……、長嗣の子はっ……私の隆義と衛太だけでいいのよ。……あなたなんてっ！」

パジャマのズボンのゴムをグッと引っ張られ、脱がされかけたとき、陸は暴漢の正体に気づく。

振り乱した長い髪、裾《すそ》の乱れた着物、細い腕と、狂気じみた瞳。

相手は義母の小夜子だった。

優しい義母など偽りだった。小夜子は心の底ではずっと自分を疎ましく思い、そして今、我が子の邪魔にならなくするために、男としての機能を消そうとしている。

ぞっと血の気が引いていく。

「やだ……っ」

陸は力の限り小夜子の身体を押して、そしてベッドから転がり出た。

「待ちなさいっ！」

しかしすぐに鋏を振りかざして、小夜子が追って来る。

「……誰かっ！　誰か助けてっ」

邸中に響くほどの声で、陸は助けを求めた。

「逃げるなっ！　クソ女のガキがっ、殺してやる」

鬼のような形相で小夜子が追ってくる。美しくたおやかだった美貌《びぼう》は、もう見る影もなかった。小夜子は楚々とした素敵な女性だったのに。邪魔な自分が現れたせいで、これほどまでに恐ろしい風貌になってしまった。申し訳なさと恐怖で涙が溢《あふ》れ、視界が滲《にじ》んでくる。

「……許して……、ごめんなさいっ、ごめんなさい……」

ガクガクと足が震える、そうしてついに階段に辿《たど》り着いたとき、背後から小夜子が掴みかかってきたのだ。

「ひぃっ！」

鋭く光る鋏に、陸は目を瞠《みは》った。

「奥様っ、いったいなにを……」

　住み込んでいる使用人たちが、階下の玄関ロビーに集まっていた。鋏を片手に陸を襲おうとしている彼女を、皆は驚愕《きょうがく》の眼差《まなざ》しで見つめていた。

「おやめくださいっ。奥様！」

　使用人が大声で訴えると同時に、足を縺《もつ》れさせてしまった陸は階段の手前で転んでしまう。だが、それに気づかなかった小夜子は勢いあまって、階段から転げ落ちていった。ゆっくりと彼女の身体が鞠《まり》のように跳ねるのを、とめることもできず、陸は呆然《ぼうぜん》と見つめるしかない
　小夜子の身体は、階段の踊り場でとまり、そのまま彼女は動かなくなった。手には裁縫用の布切バサミが握られたままで――。

　その知らせはすぐに海外にいる伊勢知長嗣の元に届けられ、そして、使用人たちには真実を噤《つぐ》むようにとの箝口令《かんこうれい》が敷かれたのだった。

　小夜子は、不慮の事故で階段を落ちて亡くなったことになった。義理の息子に危害を加えようとしたことがマスコミに知られれば、伊勢知グループに大きな打撃になってしまうからだ。

　――翌朝。

　訃報《ふほう》を聞いた隆義と衛太は急ぎ邸に戻ってきた。

　一緒に祖父の誕生会に行ったはずの母が、なぜか邸に戻っていて、命を落としていた

のだから、信じられない思いだっただろう。

「……あ、あの……、僕……」

ガタガタと震える陸に、衛太が詰め寄ってきた。

「どうして母さんは階段から落ちたんだよ。使用人たちはなにも話してくれない。陸兄さんはなにか知っているんじゃないの」

脳裏を過るのは、鬼のような義母小夜子の形相だ。そうして、自分が転んだせいで、彼女は階段から転げ落ちることになってしまった。

「そ、それは……、あの……」

声を震わせながら真っ青になってしまった陸を、衛太が睨《にら》みつけてくる。

「……、オレの母さんに、なにかした……？」

違うとは言えなかった。

陸は小夜子に危害を加えようとしたわけではなかった。むしろ襲われた立場だ。だが、そこまで深く彼女が傷ついたのは、愛人の息子である陸が現れたせいだ。なんと説明していいか解らず、陸が無言のまま唇を震わせていると、衛太が殴りつけてくる。

「母さんを殺したのかっ⁉　返せよ！　返せっ！　お前が現れなかったら、母さんは死なずに済んだのにっ」

その姿を見つけた使用人たちは、慌てて駆け寄ってきて衛太を止めようとした。

「衛太様。おやめくださいっ。陸様は関係ありませんから……」

「じゃあ、どうして母さんは死んだんだよっ！　誰か答えろよ！」

激昂《げっこう》した衛太が尋ねるが、使用人たちは顔を見合わせるだけだ。

伊勢知長嗣が帰国後、中学生になっている隆義には、ことの詳細が知らされた。しかしまだ小学生だった衛太には、母の死因と陸は関係ないと説明されただけだった。

もちろん納得できるわけがない。

それから衛太は、長嗣の前では聞き分けの良い子供を演じていた。しかし、人の目がなくなると、ナイフのような鋭い言葉で、陸を傷つけてくる。

なんども真実を告白しようとした。しかし、自分のせいで義母が亡くなったことに間違いはないので、言えなかった。あれほどまでに美しかった人の心を穢《けが》して、醜く変貌させてしまったのは陸なのだから……。

＊＊　＊＊　＊＊

話を終えた陸は、どこかうつろな表情で、じっと未紘を見つめてくる。

そっと手を握られると、彼が小刻みに震えていることに気づいた。

「ごめん。男の人が苦手みたいだったのに。触ってしまって。……僕が怖い？」

未紘は幼い頃に、変質者にあったせいで、男性が今も苦手だった。あの日のことは、実は両親に話していない。見知らぬ人に付いていってはいけないと言い聞かされていたのに、油断していたことを咎《とが》められると思ったからだ。

誰にも言えなくて、怖くて仕方なかった。でもそれは自分の責任だ。未紘は両親との約束を破ったから、恐ろしい目に遭った。だが、陸は違う。なにひとつ悪いことなどしていない。幼い身で淋《さび》しさを押し殺して、懸命に過ごしていただけだ。

「大丈夫です……」

そう言い返すと、彼はホッとした様子で未紘に腕を回してくる。

「女の人が、怖い。……あれからずっと。近づかれるだけで、首を絞められているみたいな圧迫感に苛《さいな》まれてしまう。……でもあなたには触れられる。それどころか、心地いい。……どうしてだろう」

まるで母親に庇護《ひご》を求める子供のような仕草だった。いつもなら男の人に近づかれるだけで、身体が震えるのに、陸に対してはそんな恐怖心は湧かなかった。

「……きっと少しずつ良くなっているからではないですか」

陸に触れられることができた自分も、男性への恐怖心が改善されてきているのだろうか？　もっと強くなっていきたい。心からそう思う。

「なにが？」

「女の人が嫌いなこと、……克服できるようになってきているせいじゃないですか？　きっといつか衛太さんとも解り合えますよ」

「そうかな……そうだといいね。……でも今は、もう少しだけ、こうしていてもいい？」

キュッと強く腕を回され、未紘は身を任せたまま、そっと陸の背中を撫《な》でていた。

＊＊　＊＊　＊＊

その夜、陸の過去を考えていると、未紘はなかなか寝つけなかった。ようやく微睡《まどろ》み始めた頃には、朝になっていた。どれだけ寝不足でも、生活のため仕事に行かなければならない。遅れては同僚にも迷惑をかけてしまう。

眠い目をこすって、未紘は支度を始めた。もちろん陸との約束通り、コンタクトを嵌《は》めて化粧をして、渡されていた服に袖《そで》を通した。同じブラウスでも、陸の会社のものはまったく別物だ。肌触りがいいし、ラインも綺麗《きれい》で、スタイルがよく見える。

感心しながらブラッシングすると、髪の艶《つや》やかさに目を瞠る。昨日、陸に連れていかれたサロンで行われた手入れのせいだ。

「すごい」

心なしかウエストラインや足首も細くなっているし、鏡越しにみる自分の姿勢が正しい。すべて伊勢知の兄弟たちのおかげだろう。

「お礼を言わないと……」

彼らには未紘に夫を見つけさせて、自分たちの父以外の男と結婚させようという目論《もくろ》みがある。善意でしていることではない。それは解っていたが、未紘にとっては自分を見直すきっかけになっている。やはりお礼を言うべきだろう。

出勤準備を済ませた未紘は、いつも朝食を準備してもらっている日本料理店へと足を向けた。

「おはようございます」

開店前のため看板は出されていないが、引き戸の鍵《かぎ》は開いている。

店内に入ると、そこには不機嫌な様子で椅子に腰かける衛太の姿があった。

彼は長い足を組んで、頬杖《ほおづえ》をついた恰好《かっこう》で、入り口を睨みつけている。

「なにしてたんだよ。今日は来るの遅くない？」

アパートの掛け時計がくるっていたのだろうか？　慌てて店内にある時計を確認するが、約束している時間よりも早い。

前にもこんなことがあった気がする。たしか長男の隆義と初めて待ち合わせたときのことだ。五分前には着いていたのに、まるで遅刻してきたかのような扱いを受けた覚えがある。顔は似ていなくても、隆義と衛太はやはり兄弟なのだと思うと、つい笑ってしまいそうになった。

「なにがおかしいんだよ」

苛立《いらだ》たしげに立ち上がった衛太が、ズカズカとこちらに近づいてくる。あまりの気迫に未紘は後退《あとじさ》ってしまう。

「ごめんなさい。……あの……、どうかしたんですか。衛太さん。なんだか怒っているみたいですけど」

　おろおろとしながら尋ねたとき、さらに問合いを詰められて後ろに逃げる。

「オレがどうして怒っているのか、それは自分が一番わかってるんじゃないの？」

　未紘は衛太になにかしただろうか？

　彼との別れ際のことを懸命に思い出そうとしていると、壁際に追い詰められ、ドンッと両脇に手をつかれてしまう。

「……っ！……わ、私がなにか……？」

　衛太の顔のあまりの近さに、未紘は息を飲む。

「昨夜、誰とどこにいたの。……言ってみてよ」

　低い声音で、どこか自嘲《じちょう》的な笑みを浮かべながら、衛太が尋ねてくる。

「港区のホテルのラウンジに、陸さんと行きましたが……？」

　昔話をする前に、少しお酒が飲みたかったという陸の案内で行った場所だ。なにか問題があったのだろうか。

「そこで長い時間、人目もはばからず抱き合っていたそうだね。……男が苦手とか言って、綺麗になった途端、さっそく本性でも現した？　しかもよりによって相手が陸兄さんだなんて信じられないよ」

　衛太はなぜか昨日のことを知っているらしかった。

「昨日はただ……陸さんとお話をしていて……」

陸がずっと隠してきた真実を、関係のない身で勝手に話すことなんてできない。

未紘は口にしかけた言葉を、グッと堪《こら》えた。

「兄さんが勝手にやったって言いたいの？　未紘は自分からアイツの背中に手を回して、抱き寄せていたらしいね。……よくそんな嘘が言えるよ」

衛太の引き攣《つ》った声に、未紘は焦ってしまう。

違う。嘘なんて言ってない。衛太は誤解している。

「もう、兄さんには抱かれたの？……あんな人殺しを夫にするわけ？」

人殺しという言葉に、未紘は思わず反論した。

「違いますっ、陸さんは……」

「なに？　あの人殺しの話を、本気で信じたんだ？　同情を買うために、作り話をしているとは思わないの？」

激昂《げっこう》した様子で衛太が尋ねてくる。いつもの爽《さわ》やかで人当たりのいい衛太とはまるで別人みたいだった。だが間近で見る彼の瞳《ひとみ》が、心なしか潤んでいることに気づく。

――もしかしたら。

「衛太さん……、本当はちゃんと解っているんじゃないですか」

彼は頭のいい人だ。それに人の心を懐柔し、話をするのもうまい。いくら使用人たちに箝口令《かんこうれい》が敷かれたからといって、二十年もの間、自分の母の亡くなったときの状況を、誰からも聞いていないとは思えなかった。

ただひとり祖父の誕生会から抜け出して、自ら邸《やしき》に戻った彼の母。亡くなったときには、鋏《はさみ》を握り締めていた。震えてなにも答えられない陸は、ずっと彼女に懐いていた。

この事実だけでも、陸が襲われそうになったことは、簡単に予測できるはずだ。

「……大好きだったんだ。……使用人に作らせればいいのに、母さんはいつも朝飯を用意してくれていた。親父は留守がちで邸にいなかったけど、それでもオレたちは幸せだったんだ。あいつが来るまでは……」

＊＊　＊＊　＊＊

自分が特殊な家に生まれたのだと知ったのは、衛太がまだ物心がつき始めた頃のことだった。家族はいつも忙《せわ》しく、遊んでくれるのは使用人たちばかりだ。

伊勢知家には、テレビドラマで目にする家族揃った団欒《だんらん》というものが存在しない。広大な敷地を持つ邸、仕事に忙殺されてうちに戻らない父、慈善事業に忙しい母、生真面目で笑うことの少ない兄。使用人たちは大勢いたが、衛太はいつも淋《さび》しかった。

それでも幸せだったのは、母が僅《わず》かばかりの時間でもできるだけ傍にいてくれようとしていたからだ。

朝食はいつも母が作ってくれた。炊き立てのご飯とわかめと絹ごし豆腐の味噌汁《みそしる》は定番で、そこに目玉焼きやオムレツ、スクランブルエッグなど、毎日違う卵料理が添えてあった。繋《つな》がった漬物には毎日笑わせてもらったものだ。

母は箱入り娘で、結婚するまで料理などしたこともなかったらしい。だが、息子である隆義と衛太のために、精一杯のことをしてくれていた。

だから淋しくとも不満はなかった。

昼間、家族には誰も相手をしてもらえない衛太の趣味は冒険だ。色々な部屋に入り隠し部屋を探したり、二階や三階のベランダからロープも使わずに降りたりもしていた。衛太の英雄譚《たん》を聞いた母が、真っ青になって抱きしめてくれることも、気に入っていた理由のひとつだ。

そんなある日、ぜったいに入るなと言われていた父の書斎に足を踏み入れたことがあった。邸中をくまなく探索した衛太が入ったことがない場所は、もう父の部屋だけだった。いけないことをしているという自覚はあった。見つかったら叱られる。

わかってはいたが、いけないことをしていると思うといっそう胸が高鳴った。

「ここが、書斎……」

本人は不在だというのに、足が震えてしまう。元から少しだけ覗《のぞ》いたら、すぐに立ち去るつもりでいた。しかし、ふと書斎の執務机のうえに並んでいた写真立てが気になって足をとめる。

とうぜん家族写真が置かれているのだろうと思った。だが、見てみると違った。

そこにあったのは、どこにでもいるようなあまり目立たない女性の写真だ。取り立てて美人でもなければ、顔を顰《しか》めたくなるような不細工でもない。あまり特徴のない女性。しかも幼い頃から大人になった姿まである。最近のものは、隠し撮りだと思われるもので、大きな瞳をした幼い女の子とその女性が写っていた。

「どうして……？」

胸の奥が、もやもやとする。

父はなぜ、自分たちではなく、見知らぬ女性とその娘の写真を飾っているのだろうか。父に問い詰めたかった。しかし、そのことに触れれば、二度と父が口を利いてくれなくなるような気がして聞けなかった。

母にも写真のことは告げられなかった。自分と同じように嫌な気持ちにさせたくなかったからだ。

「……言えるわけない……」

衛太はその日のことは、そっと胸にしまっておくことにした。

月日は流れて衛太が九歳になった頃、父がひとりの少年を邸に連れて来た。

少年は陸という名前で三つ年上の十二歳。父が母ではない女性に産ませた子なのだという。隠し子の話を聞いた母はしばらくの間、笑みを浮かべたまま一言も喋《しゃべ》らなかった。

社交辞令に長《た》けた母は取り乱すことはない。笑顔のしたに感情を押し殺してしまう。

「はじめまして。長嗣の妻の小夜子です。本当のお母さんだと思って、仲よくしてちょうだいね」

ようやく絞り出した母の声を聞いたとき、衛太の方が泣きたくなった。

衛太の脳裏を過《よぎ》ったのは、父が書斎に飾っていた女性の写真のことだ。きっと陸は、あの女性と父の間に生まれた子供なのだと思った。

母は陸に優しく接していた。しかし、それはうわべだけなのだと、すぐに気づいた。毎朝の食事を、母が用意しなくなったからだ。夫と愛人の間にできた子供のために、食事を作りたくなかったのだろう。それは、母のささやかな抵抗だった。

取り繕った笑顔に騙《だま》されて、陸は母にとても懐いていた。だが衛太は、陸が笑うたびにむしゃくしゃしてしまっていた。

「どうして、この邸に来たの？　母さんはいないのか？」

お茶の時間に、陸とふたりきりになる機会があり、衛太はずっと不思議に思っていたことを尋ねてみた。すると、陸はしばらく黙っていたが、重い口を開いた。

「お母さんは……、自分が愛されていないことを知ると腹を立てて、僕を捨てたんだ」

父は、衛太の母よりも愛していた人がいたはずだ。陸の母がその女性なのではなかったのだろうか。

「でも……」

ふと、書斎にあった写真の女性が抱いていた女の子のことが思い出される。確かに陸は少女じみた中性的な顔つきをしていたが、あの少女とは似ても似つかない。

だとすれば、陸は写真の女性と父の間にできた子供ではなく、別の女性との間に生まれたということなのだろうか？

「……他にも女の人を……？」

許せなかった。陸ではなく、自分の父に対して殺意にも似た怒りが湧きあがった。

大切な母を、そして自分たちを蔑《ないがし》ろにして、さらにはまだ他に愛人をつくっていたなんて許せない。だが、どれだけ腹立たしくても、衛太はまだ小学生だ。父である長嗣に養われている身でしかない。

「早く……、ここから出るんだ……」

一刻も早く働けるようになりたかった。そして、母を連れてふたりで暮らすようになりたかった。伊勢知の跡継ぎとして、育てられた兄はきっと、伊勢知家に残るだろう。しかし、せめて自分だけは、母の味方になりたかった。いつか必ず大好きな母を、おぞましいこの邸から連れ出し、自分自身の手で幸せにするのだ。

――鬱々《うつうつ》とした日々を過ごしていたある日、とつぜん母の訃報《ふほう》を聞いた。

前日は祖父の誕生日で、目障りな陸も海外に出張している父もいなかった。だから久しぶりに穏やかな時間を過ごすことができたのだ。

母は最近では珍しく上機嫌で、声を立てて笑っていた。そんな姿を見ることができて、衛太も嬉《うれ》しかった。だが、祖父の一言で母は笑顔を失った。

「長嗣君は元気か？　最近になって、跡取りは三人の息子たちのなかから一番優秀な者を選ぶと言いだしたらしいじゃないか。彼とは一度ゆっくり話がしたい。私のところに連れて来なさい」

祖父と母の話を偶然耳にした衛太は、後継者は隆義に違いないと思った。兄はとても優秀だったからだ。

「優秀な子供？……後継者候補のなかに、あの泥棒猫の息子も入っているってこと？」

陸は引き取られるまで、普通の小学生程度の勉強しかしていなかったらしい。幼い頃から徹底的に学業や帝王学などを叩《たた》きこまれていた自分たちとは違う。それなのに今では、かなりの成績を修めているのだと家庭教師たちが言っていたことが思い出される。母はどうやら、兄が蔑ろにされるのではないかと、心配になっているようだった。

「……母さん……」

なにも聞かなかったふりをして母に近づき、彼女の震える手をギュッと握り締めた。大丈夫だ。自分がついている。父に傷つけられそうになっても、自分が守ると伝えたかった。だが、衛太の手はまだ小さく頼りない。そのことに泣きたくなった。

母は、衛太の顔を覗き込むと微笑んでみせた。だが、それは初めて陸が邸《やしき》にやってきたときに浮かべたのと同じ、感情を押し殺した笑みだ。

「大丈夫よ。隆義と衛太は、私が守ってあげるから」

それが、衛太が母と交わした最後の言葉だった。

翌朝。祖父の邸に一緒に泊まっていたはずの母は見えなかった。今朝は陸がいない。久しぶりに朝食を作ってくれるのではないかと期待していた衛太は、がっかりしてしまう。衛太の落胆の理由を知った祖父は、しばらく実家に泊まればいいと言ってくれた。明日《あした》こそは、母は朝食を作ってくれるに違いない。衛太は楽しみで仕方がなかった。

――しかし。

「旦那《だんな》様っ！　旦那様……、大変でございます……っ。お嬢様が……」

慌てた様子で祖父の秘書がやってくる。お嬢様とは、祖父の娘である母のことだ。どうやら母になにか起きたらしかった。

兄の隆義と急いで伊勢知の邸に帰ると、そこには冷たくなった母の亡骸《なきがら》があった。

昨日、温かく自分の手を握り返してくれた指はもう動かない。頬も、髪も、なにもかもが人形のように生気をなくして、硬く強張《こわば》ってしまっている。

「母さんっ！　母さん！」

どれだけ声をかけても、母は瞼《まぶた》を開かなかった。

長い髪も整った顔立ちも、細い体も、ふっくらとした唇も、なにもかも昨日微笑んでいたときと寸分変わらないというのに。

呼吸も、心音も、体温も、生きている証《あかし》が、すべて失われてしまっていた。

衛太が大きくなったら、こんな邸を出て、一緒に暮らしたかったのに。

結婚した身で他の女性を愛するおぞましい父と離れ、母を傷つける者たちから、守ってあげるつもりだったのに。

衛太は放心状態のまま、フラフラと室外に出た。すると庭の片隅でガタガタと震える陸を見つける。その瞬間、やり場のない怒りが湧きあがった。

すべてのきっかけは、この母違いの兄だ。

幸せな朝も、母のぬくもりも、なくなったのは、陸のせいだ。そんな考えで、頭のなかは埋め尽くされてしまう。

「母さんを殺したのかっ⁉　返せよ！　返せっ！　お前が現れなかったら、母さんは死なずに済んだのにっ」

陸は母の気持ちも知らずに懐いていた。殺す理由なんてない。本当はそのときからすでに解っていた。

陸は悪くない。だが衛太には、他に怒りを、憎しみを、悲しみを向ける先が見つからなかったのだ。母は父のせいで亡くなった。陸のせいで亡くなった。あの写真の女のせいで亡くなった。なんどもなんども繰り返した言葉だ。

どうしてこうなってしまったのだろう。

衛太は、幸せな時間を取り戻したかっただけなのに。

世界で一番大切だったものを守りたかっただけなのに。

朝食は食べなくなった。亡くなった母を思い出すからだ。朝から二度と自分の幸せが戻らないことを思い知りたくない。

――それなのに、今は。

「よりによって、どうしてキミと暢気《のんき》に朝食を食べるようになったんだろう、オレ」

とつぜん吐き捨てるように言うと、衛太は未紘の身体をギュッと抱きしめてくる。

＊＊　＊＊　＊＊

「あ、あの……っ、なにを……」

陸に続いて、衛太の過去まで聞かされたばかりだ。縋《すが》るように抱きしめられては、どれだけ恥ずかしくても、動揺していても、振りほどくことができない。

震えながらもなすがままになっていると、未紘の肩口に顔を埋《うず》めた衛太は、鼻先を柔肌に擦《こす》りつけ、なんども息を吸い込む。

「甘くて、いい匂い。……堪《たま》んないな」

そう言いながら、足の間に膝《ひざ》を割り入れ、グッと奥に押し込んでくる。

「……え……っ。あ……、あの……え、衛太さん？」

密《ひそ》やかな場所に、太腿《ふともも》を擦りつけられ、未紘は息を飲んだ。布地越しに感じる彼の身体の感触に息がとまりそうになる。

「……親父がおかしくなってた理由。今ならわかるよ。早苗さんって、キミみたいに家族思いで優しいんだよね。そのうえ、……匂いだけじゃなくて、ぜんぶにこんな風に反応していたら、なにもかも持ってかれちゃったのもしょうがないかな」

首筋にかかる衛太の息が熱い。未紘はコクリと息を飲む。

「ねえ解る？　オレ、性欲薄い方だったのに、キミの匂いを嗅《か》いだだけで、こんな風になっちゃってる」

衛太は未紘の身体を抱きすくめて、下腹部をグッと強く押しつけてくる。

触れたのは、硬く隆起した男の欲望だった。

「ひっ！」

未紘は思わず悲鳴に似た引き攣《つ》った声を漏らしてしまう。

「ここでしよっか。店の奴らには、しばらく誰もこっちに来ないように、ちゃんと言っておいたから大丈夫だよ」

未紘は男性に抱かれた経験がないとはいえ、彼の意図がわからないわけではない。

――ただ、わかりたくないだけだ。

「……オレ、結構悪くないと思うよ。相手したことある女の子たちはみんな、気持ちいいって褒めてくれていたし」

衛太は初めて会った時から、男性が苦手な未紘のために、とても慎重に気遣ってくれた。それなのに今になって、どうしてこんな強引な真似をするのだろうか。

「いやです……、放して……」

ふるふると首を横に振って涙目で訴えるが、衛太は手を放してくれなかった。

「逃げないでよ。オレ、ちゃんと……責任とってあげるから」

するりと衛太の手が這《は》わされて、未紘の左胸の膨らみを掴《つか》んでくる。

「……や……、めて……」

脳裏を過《よぎ》ったのは、幼い頃に自分の身体を弄《もてあそ》ぼうとした男の手の感触だ。怖い。今すぐ逃げ出したいのに、衛太の力にはかなわない。恐怖から、未紘の頭のなかは真っ白になってしまう。

「すごい、心臓の音。そんなに怖いんだ？」

高鳴る鼓動を直《じか》に感じ取った衛太は、感嘆したように呟《つぶや》く。

「私なんて……、女じゃないって言ってたのに……」

『無理』だとか、『干物女』だとか、『結婚するなんて人生の罰ゲーム』だとか、伊勢知の兄弟たちは未紘を前に、口々に失礼なことを言っていたはずだ。

多少身綺麗《みぎれい》になっただけで、その考えが変わったということなのだろうか。

見た目だけで手を出されるなんて、嫌だ。

「ひどいこと言って悪かったよ。……でも、オレにだってプライドぐらいあるんだ。身なりなんて気にしない子に、大袈裟《おおげさ》に手を振り払われて、車内で反対側に逃げるぐらい怯《おび》えられて、『気になる』なんて言いたくなかった」

改めて聞くと、確かに未紘の行動も、彼の言動に匹敵するぐらい失礼極まりないものだった。

「……ごめんなさい……」

衛太を傷つけてしまったから、こんな風に意地悪をされているのだろうか。

怯えた眼差《まなざ》しを向けると、彼は熱っぽい眼差しを向けてくる。

「謝らないでいいよ」

低く切ない声で囁《ささや》いて、柔らかな首筋の皮膚に唇を押しつけてくる。唇の柔らかさとくすぐったさに、ビクリと身体が強張った。

「オレも謝らないから。……今からすること」

ねっとりと濡《ぬ》れた舌が、未紘のうなじに這わされ始める。熱く濡れた感触に、肌が総毛立つ。

「や……っ」

未紘はふたたび逃げようとするが、衛太は壁際に押さえ込んでくる。

「……は、放してください……っ」

震える声で訴えるが、ますます衛太の力は強まり、身体中を弄《まさぐ》られ始めてしまう。

「陸兄さんとは、抱き合っていたのに……。オレはダメなの？」

もしかして衛太は、陸と未紘がなにか関係を持ったのだと誤解しているのかもしれなかった。そう思った未紘は、懸命に言い訳する。

「あれは、陸さんを慰めていただけで……」

人のプライバシーを吹聴するわけにはいかない。どうして抱き合っていたのか、詳しくは話せないが、信じて欲しい。

「……へえ。じゃあ、未紘。オレの背中も撫《な》でて慰めてよ。淋《さび》しくて死んじゃいそうなんだ」

「む、無理です……」

今この状況で、衛太を抱き返せるわけがなかった。

ぶるぶると首を横に振って拒むと、衛太がムッとした様子で唇を尖《とが》らせる。

「陸兄さんはよくて、オレはだめなんだ？……それってどういうこと」

どういうこともなにも、陸は怖くなかった。むしろ泣いている小さな子供のようで放っておけなかったぐらいだ。しかし衛太は違う。力強い、大人の男だ。

「な、なんだか……、いやらしくて……怖い……です……」

涙目で告げると、衛太はひどく愉《たの》しげに口角をあげてみせる。

「オレが陸兄さんよりエッチだってこと？　そっか。だから未紘はオレが怖いんだ？」

とても嫌な予感がした。衛太から少しでも離れようと、未紘は彼の胸を必死に押した。

だが、やはり少しも離れてくれない。

「当たりだよ。だってオレ、今からこういうことするつもりだったし」

そう告げると、衛太はとつぜん未紘の唇を塞《ふさ》いでくる。

「……ん……っ！」

とつぜん唇を覆った柔らかな感触に目を瞠《みは》る。衛太に、ファーストキスを奪われたのだと、遅れて気づいた。

二十七年間誰にも触れられたことのない場所を強く塞がれ、頭のなかが真っ白になる。

「んんっ」

動揺のあまり息が止まりそうだった。だが、このままではさらにいやらしい真似をされるのは目に見えている。未紘は顔を背けようとした。すると衛太は、角度を変えていっそう深く唇を塞いでくる。

「……ぅ……、んぅ……」

口づけはそれだけで済まなかった。

震える歯列を抉《こ》じ開けて、衛太の舌が未紘の口腔《こうこう》に差し込まれていく。

「……ふ……っ」

ぬるりとした熱い舌の感触に、身体がビクンと跳ねる。衛太から少しでも離れようとして、壁にぴったりと背中をつかせた。だが追い詰められ、さらに圧迫感が強くなる。

衛太と視線が絡む。

──逃がしはしない。彼の強い眼差しはそう告げてくるかのようだった。ゾッと血の気が引いた。未紘は首を横に振って拒もうとしたが、深い口づけからは逃れられない。

衛太は熱く蠢《うごめ》いた長い舌先で、未紘の口蓋《こうがい》や歯列、舌や頬の裏の粘膜まで擦りつけてくる。

「……ん、んぅ……っ」

ぬるついた感触に、肌が総毛立つ。鼻先から洩《も》れる息が熱くて、そのことにすら眩暈《めまい》がしてしまう。どうかもう、キスをやめて放して欲しい。だが、未紘の願いも虚《むな》しく、衛太はなんどもなんども舌を絡めてくる。

「ふ……っ、んん……」

舌が絡み合うたびに唾液《だえき》がいっそう溢《あふ》れる。口角ははしたないほど濡れてしまっていたが、拭《ぬぐ》う余裕などなかった。

「かわいい。……キス、初めてなんだ？　よかった。陸兄さんに先を越されてなくて」

衛太は、陸への対抗心から、こんなことをしているのだろうか。

そう思うと、泣きたくなってくる。未紘は憂さ晴らしの道具ではないのに。

「瞳《ひとみ》、潤んでるね……。オレとキスするのは嫌？　でも、やめてあげないよ」

低い声音で囁くと、未紘の脚の間に割り入れていた太腿《ふともも》をさらに深く押し込んでくる。

「……く……っ、んん……」

ストッキングとショーツごしに、彼の太腿が押しつけられ、息を飲んだ。

「……や……っ」

大きく唇を開いて抵抗の言葉を告げようとするが、いっそう舌が奥へと押し込まれるだけで、声を出すこともできない。

「んぅ……っ」

頬を高揚させながら、衛太のなすがままになっていると、胸の辺りを弄っていた衛太の手がブラウスとブラのうえから、乳首を摑んでくる。

「……く……っ、んん⁉」

嫌だ。彼の手から逃れようと身体を揺するが、押さえ込まれた恰好《かっこう》では、どうしようもなかった。

「硬くなってるんだ？　未紘、やらしーの。ここ、口でしてあげようか。舌で擽《くすぐ》るとすごく気持ちいいと思うよ」

衛太が身体を弄りながら口づけていたせいで、肌が敏感になってしまっただけだ。

生理的反応であって、未紘がいやらしいわけではない。そう言い返したいが、長い口づけに息が乱れてしまっていて、言葉が紡げない。

「……はぁ……はぁ……っ、や……、やめ……」

未紘ははしたなく唇を濡らしながら、怯えるしかできない。そうしてブラウスのボタンを外されかけたとき、奥の厨房《ちゅうぼう》からひとりの青年が顔を出す。

「しゃ、しゃ、……社長っ、店内でそんなことをされては困ります！」

どうやらこの日本料理店で働いている料理人らしかった。人払いをされていたが、不穏な声が聞こえて、放ってはおけずに厨房から出て来たらしい。確かに神聖な職場で、淫《みだ》らな真似をされては、堪《たま》ったものではないだろう。

「無粋なヤツだな」

不機嫌な様子で言い返す衛太の前で、未紘はへなへなとその場に崩れ落ちてしまう。火照《ほて》った肌が、冷たい床に触れて総毛立つ。

「はぁ……はぁ……」

心臓が壊れそうなほど鼓動していた。耳の裏が、血流音でひどくうるさい。怖かった。まるで、衛太が見知らぬ男にでもなったかのようだった。

しゃくり上げそうになっていると、手が差し伸べられた。

未紘はビクリと身体を引き攣《つ》らせたまま、その手を取ることができない。

「急に悪かったよ。陸兄さんと抱き合ってたって聞いて、頭に血がのぼったんだ」

申し訳なさそうに謝罪されるが、未紘は自分の身体を庇《かば》うように抱きしめたまま、しばらく立ち上がることができなかった。

「……仕事に……行きます……」

ようやく腰を上げることができると、ふらふらと店を出ようとする。だが、衛太がそれを止めてしまう。

「食べ残したら、その分だけキスするってオレが言ったのを忘れたの」

忘れてはいなかったが、今は食事などする気分にはなれなかった。

「……そうですよ。せっかく社長が腕によりをかけて作られたんですから、召し上がってください」

料理人が口添えすると、衛太は気まずそうに顔を顰《しか》める。

「……衛太さんが、食事を作ってくれていたんですか……？」

店の料理人が首を傾げた。

「知らなかったんですか？　社長は毎日店に来ていただきたいぐらい良い腕をされていますよ」

衛太は朝早くからこんなところまで出向くだけではなく、料理までしていたらしい。だからこそ食事を残さないように念を押していたのだ。未紘が食べる姿を、いつも見つめていたのも、おいしいかどうか気になっていたせいなのかもしれない。

「だいたい、そんな顔で電車に乗るつもり？　やめといた方がいいよ。口紅も大変なことになってる」

化粧をしたばかりで、あれほど執拗《しつよう》に唇を貪《むさぼ》られたのだ。化粧はすっかりよれて、唇の周りはグロス色に染まってしまっているだろう。

未紘はハッとして唇を手で隠した。

「会社までオレが車で送ってあげるよ。だから、食べ残したらまたキスするよ」

これ以上、あんな口づけをされては堪らなかった。未紘は慌てて化粧室へ駆け込んで身支度を整えると、どうにか冷静さを取り戻す。その後、衛太に脅されながら、無理やり料理を飲み込んだ。

＊＊　＊＊　＊＊

朝方に衛太がしたことを忘れられず、その日は仕事でいくつもの失敗をしてしまう。

もっと彼にかけるべき言葉があったのではないかと心配する反面、恐ろしくて次にどんな顔をして会えばいいのかわからない不安も抱いていた。

兄弟たちに色々教えを乞《こ》うことになった機会に、臆病《おくびょう》な自分から脱却したいと漠然と願っていたのに、ふがいなさに落ち込むことばかりだ。

「しっかりしないと」

未紘は軽く頰を叩《たた》いて自分を叱責《しっせき》した。

「川内さん。ちょっといいかな」

そこに隣の課の男性社員が、声をかけてくる。名前だけは辛うじて知っている程度の相手だ。今まで会社の飲み会ですら口を利いたことがない。

「はい？」

いったい何の用だろうか。未紘が首を傾げながら、相手と共に給湯室まで歩いて行った。すると、男性社員は照れた様子で頭を掻《か》く。

「川内さん。前から俺、あなたのこと気になっててさ。よかったらふたりで一緒に飲みに行かないか」

『前から』なんて、嘘だと思った。未紘はこの男性社員と目もあったことがない。きっと陸の用意した服や化粧品のせいで、見た目が華やかになったので、声をかける気になっただけなのだろう。

「ごめんなさい……。しばらくは予定が詰まっていて……」

見た目の印象は変わったかもしれないが、未紘の内面は以前のままで、男性は苦手だし、誰ともつき合う気にはなれない。

「ああそう。忙しいなら仕方ないね」

男性社員はつまらなそうな表情で立ち去っていく。その後、また仕事をこなしていると、いつの間にか終業時間となり、何人かの同僚が帰宅して行った。しかし、退社したはずの女性社員のひとりが慌てた様子で、オフィスに戻ってくる。

「外に俳優やモデルみたいにかっこいい男の人が立ってるんだけど。誰かの恋人？」

もしや陸がまたやってきたのだろうか。そんな考えが頭をよぎるが、彼ならば遠慮なく社内に入ってくるに違いなかった。

きっと誰かの待ち合わせ相手だろう。自分には関係ない。そう判断して残業を続けていると、しばらくして、また社内がざわめきだした。

「外のイケメン、川内先輩に用なんだって」

女性社員たちが一斉にこちらを見つめてくる。

「……え？」

未紘は誰かと待ち合わせなどした覚えはない。それに今日は、隆義のところでマナーの講習を受ける約束をしていた。

「急に綺麗《きれい》な恰好をするようになったと思っていたら、彼氏ができたせいだったのか。やはり川内君も女の子なんだね」

年輩の男性社員が、感心したように告げてくる。

「ち、違いますっ。恋人なんていません」

いったい誰なのだろうか。衛太なら陸同様にオフィスに入ってきそうだし、隆義に至っては、わざわざ足を運んで外で待つような真似をするとは思えない。

長嗣ならば、総理大臣の顔は知れ渡っているので、こんな騒ぎではすまないだろう。

悲しいことに、未紘には他に男性の知り合いなどいなかった。

結局、伊勢知の使いが寄越されたのではないかという考えに至り、急いで帰宅準備をして外に出た。

エレベーターに乗って階下に行く。辺りを見回すと、スーツ姿に眼鏡をかけた背の高い男性がロビーに立っていた。その顔を見た未紘は、呆気《あっけ》にとられてしまう。

「隆義さん？」

未紘の会社にまでわざわざ足を運んでいたのは、隆義だった。

信じられない思いで、目を丸くしていると、彼は静かに見下ろしてくる。

「仕事はもう済んだのか」

「ええ。でもどうしてここに？」

隆義はたった数分でも無駄にしたくないとばかりに、意欲的に職務をこなしている男だ。どうしてこんな場所に立っているのだろうか。

「お前を待っていた」

「連絡をくださっていたなら、もっと早く出てこられたんですが」

彼は未紘の携帯電話の番号もメールアドレスも知っているはずだ。どうして、連絡しなかったのだろうか。未紘は首を傾げた。

「それでは、仕事を中断させることになるだろう」

仕事第一の隆義は、他人の職務も大事にする性格らしい。

「お迎えに来ていただかなくても、隆義さんのホテルにうかがう予定だったんですが。なにか急ぎの用でも？」

いつ終わるかわからない未紘の仕事を待ち続けるなんて、そんな効率の悪い真似を、どうしてするのだろうか。

こんなところで待たなくとも、時間が来れば未紘は彼の元に行っていた。

「今日は衛太や陸が、邪魔する可能性があったからな。それを阻止するためだ」

彼らがなにを邪魔するというのだろうか。未紘にはさっぱりわからなかった。

「行くぞ」

隆義はいきなり未紘の手を摑《つか》んで歩き出す。先日、何時間も手を繫《つな》がれ続けていたせいか、恐怖は生まれなかった。だが、男性と手を繫いで歩くことに、戸惑わずにはいられない。

「……はぐれたりしませんから、手を放してください」

未紘は子供ではない。それに、今から歩いて行く方向に人が溢《あふ》れかえっているわけでもない。手を繋ぐ必要はないように思えた。

「うるさい。黙ってついて来い」

厳しい声で叱責され、未紘はそれ以上追及することはできなかった。そうして連れて行かれた先はいつもマナー講習を受けているホテルだ。

「……？」

どこか別の場所に連れて行かれるのではないかと不安になっていた未紘は拍子抜けしてしまう。やはりここなら、わざわざ迎えに来なくても、未紘は仕事が終わり次第やってくる予定だった。

取締役である隆義の登場に、スタッフたちがいっそう身を引き締める。内装も従業員もなにもかもが洗練されたホテルだ。立ち居振る舞いは変わらない。しかし、隆義の訪れに、真っ直ぐに張られていた糸が、さらにピンと引かれるような緊張感が走っていた。

「なにをキョロキョロとしている。みっともないからよせ。行くぞ」

スタッフたちは、取締役である隆義に手を繋がれている未紘を、怪訝《けげん》に思っているに違いなかった。しかし当の本人である隆義は、まったく気にした様子もない。

そのままエレベーターに乗り込む。しかし向かった先は、先日も訪れた場所ではない。さらに上の階だ。

エレベーターの扉が開くと、広いフロアに四つしか扉がない場所に辿《たど》り着いた。

「……あの、ここは……？」

そのうちのひとつの扉の鍵《かぎ》をカードキーで解除すると、隆義は未紘を強引に引き摺《ず》り込んだ。

「いいから、奥の扉に入れ」

室内には重厚なコブラン織のカーテンに、艶《つや》やかなレザーの張られた応接セット、テーブルのうえには、おいしそうなフルーツが並んでいた。年代物の酒やグラスの並んだキャビネットに、簡易キッチンまで備えられている。観葉植物だけではなく、薔薇《ばら》や胡蝶蘭《こちょうらん》まで飾られていた。

どうやらここはホテルのスイートルームらしい。窓の外を見ると、目も眩《くら》むほど高い位置にあり、道路を走る車がまるで玩具《おもちゃ》のジオラマのようにちいさく見える。

「どうして私をここに？」

不安になって尋ねるが、冷ややかな視線を向けられるだけだった。こんなにも苛立《いらだ》った様子の隆義を見たのは初めてだ。逆らうのも恐ろしいので、大人しく彼に従い、奥の部屋へと続く扉を開く。すると、そこはキングサイズのベッドが置かれた寝室だった。

「え……っ」

未紘が足をすくませていると、無理やり部屋のなかへと押し込まれ、鍵がかけられた。

「……こ、……これは、どういうことですか」

怯《おび》える未紘の腕が引っ張られて、さらにはベッドに仰向けに倒される恰好《かっこう》になった。

背中にあたる柔らかな感触に、未紘は息を飲む。そこに隆義がのしかかってきた。

「父だけではなく、弟たちまで籠絡《ろうらく》したそうだな。しかも、社内の男にまで色目を使ったのか」

どうやら昨夜ラウンジで陸と抱き合っていたことが、隆義にまで伝わっているらしかった。今朝、日本料理店で衛太にキスされたことまで、知られているようだ。

それだけならまだしも、どうして社内の人間ですら、誰も知らないはずの同僚からの誘いまで、隆義が知っているのだろうか。

未紘は啞然《あぜん》としてしまう。だが、今はそんなことを驚いている場合ではなかった。

「誤解ですっ。陸さんを……慰めていただけなのに、衛太さんが誤解して……。それに同僚から誘われたのも、急に服装やお化粧が変わったせいだと……っ」

隆義は弟たちに未紘が色目を使ったのだと思っているようだが、ぜんぶ誤解だ。

「そいつらが全員、お前を口説いていたことに変わりはないだろう」

別に陸は未紘を口説いていたわけではないし、衛太は怒っていただけのような気がする。同僚に到っては、たまたま声をかけられただけだ。

「口説くだなんて……ありえません。……わ、私ですよ!?」

初めて会ったとき、他の兄弟だけでなく隆義も、未紘のことを干物女だと罵倒《ばとう》してきたはずだ。そんな女に、いったい誰が本気になるというのだろうか。

「そうだ。お前だ。……忌々しい川内早苗の娘。地味で平凡でパッとせず、いくら探しても特筆すべきところなどなにもない。女に生まれたくせに、美しくなろうとする努力もせず、欲もなければ気概もなかった」

ベッドに押し倒している相手に言っているとは思えないほどの侮辱だ。しかし悲しくなるぐらいに反論のしようのない真実だった。

「少しは女らしくなったようだが、見た目だけだ。相変わらず色ごとに無頓着《むとんちゃく》で、この私が目の前にいるのに、まるで興味も持とうとしない。なんなんだお前は」

「……なんなんだと言われても……」

その言い方では、隆義に対して恋情を抱くのが当然だと言っているように聞こえる。

「挙句に、他の男共を籠絡して弄《もてあそ》んでいるとは……」

男の人が苦手で、この体勢でいることにすら堪えられず、逃げ出したくなっている未紘に、いったいいなにができるというのだろうか。

周りの男性に、自ら望んで擦り寄っているような言い方はよして欲しかった。

「そんなことはしていません！」

隆義を睨《にら》みつけるが、彼は怯《ひる》まなかった。それどころか、未紘の着ているブラウスのボタンを外し始める。

「な、なにを……するつもりなんですか。やめてください……っ」

力の限り隆義の胸を押し返そうとした。しかし、デスクワークばかりしているように見える隆義は、案外鍛えられた身体をしていて、胸板が厚い。

腕もがっしりしていて、かなり力強い。未紘がなにをしても、ビクとも動かなかった。

「男と女が寝室ですることなど、他にないだろう。そんなことも解らないのかお前は」

愛し合う男女がする行為について知識がないわけではない。未紘が聞きたいのは、どうして隆義が未紘に手を出そうとしているか……、ということだった。

自分が女としてなんの魅力もないことは自分でも解っているし、彼らも事実、呆《あき》れ返って言っていたはずだ。隆義の行動が理解できない。

「そうじゃなくて、……どうして……こんなことをなさるのか、解らないんです！」

過去の記憶が思い出される。大人の圧倒的な力に押さえつけられ、身体を弄《まさぐ》られた幼い日のことだ。恐ろしさからガタガタと身体が震え出し、声が裏返ってしまう。

「お前がこれ以上、被害を広めないためだ。小綺麗《こぎれい》にしたところで、まだ結婚相手など見つかってないのだろう。……私が、もらってやる。だから大人しくしていろ」

母への熱烈な求愛者だった伊勢知長嗣——彼らの父が、なにか強行に出ようとしているのだろうか？　それとも未紘が兄弟たちを口説こうとしていると、誤解しているのだろうか？　隆義がいきなりこんな暴挙に出た理由が知りたかった。

「い、いやです……っ、話を聞いてください……、私は、なにも……」

悲痛な声をあげると、隆義は目を瞠《みは》った後、なぜかコクリと唾《つば》を飲んだ。

未紘は誰とも結婚するつもりなどなかった。ましてや過去の因縁や誤解のために、仕方なく結婚を求められても、受け入れられない。

「ぜんぶ、お前の声が悪い」

隆義の掠《かす》れた声や眼差《まなざ》しに欲情の色が垣間《かいま》見えて、戦慄《せんりつ》を覚える。そういえば、兄弟たちは伊勢知長嗣の血を色濃く受け継ぎ、未紘に対して反応してしまうのだと言っていた。陸はまだわからないが、衛太は未紘の匂いに、隆義は声に反応している節があったことを思い出す。未紘は声を出さないために、とっさに自分の唇を手で押さえた。

「なにをしている。……私からのキスを拒んでいるつもりか」

手で隠したのは、キスを拒むことよりも、激昂《げっこう》している隆義の欲望をこれ以上は煽《あお》らないようにしたかったからだ。

未紘はジッと見つめることで隆義を非難する。

「唇なんか重ねなくても、女は抱けるんだぞ」

隆義は嘲《あざけ》るように笑うと、未紘のブラウスのボタンをふたたび外し始める。

未紘は慌てて袷《あわせ》を掻《か》き合わせようとした。だが、それより先に、隆義は器用にボタンをすべて外してしまった。

「……っ⁉」

息を飲む間にも、薄いピンク色をしたキャミソールが、首元まで一気に引き上げられた。すると、共布のブラに包まれた柔らかな胸の膨らみが露わになる。

「色気のない下着だな」

呆《あき》れた物言いで、隆義は愉《たの》しげにブラのレースを指で辿っていく。

未紘はギュッと縮こまりながら、ぶるぶると震えていた。怯える姿を見ても、彼は行為をやめず、ブラまで首の方へと押し上げられそうになった。

そんなことをしたら、胸の膨らみが見えてしまう。

「……だ、だめですっ！」

思わず唇を押さえていた掌《てのひら》を離して、未紘は訴える。すると隆義はブルリと身震いして、軽く舌舐《したな》めずりしてみせた。

「なにがだめなんだ？　言ってみろ」

壮絶なほど色気のある表情をむけられ、カアッと頬が熱くなった。

「あ、あの……あの……っ」

声が震える。触れないで欲しいと訴えたいのに、言葉にならなかった。怯える未紘のブラをさらに押し上げる。

「……やっ……」

ついに胸の膨らみが露わにされてしまった。未紘は慌てて腕で覆い隠そうとした。

しかし隆義はその手を、強引に抉《こ》じ開けてしまう。

「は、放してください……っ」

恥ずかしさと怯えで瞳《ひとみ》が潤んでいく。だが、未紘の懇願は聞き入れてはもらえず、隆義は顔を近づけてくる。

「慎ましやかな胸だな。ここぐらい、自己主張してもいいんじゃないのか」

確かに男性が喜ぶような大きさのない胸だ。しかし無理やり服を脱がしておいて、そんな言い方はひどすぎる。

「あなたには関係ないですっ」

キッと睨みつけると、隆義は不愉快そうに睨み返してきた。

「関係あるだろう。……自分の妻になる女の胸だ」

未紘は隆義からの申し出を受けてなどいない。勝手なことを言わないで欲しかった。

「違いますっ。私は……っ」

結婚なんてしない。だから、勝手なことをされる謂《いわ》れなどないはずだ。

「他の男と結婚したいと言うのか？　誰だ。名前を言ってみろ。……まあ、お前が誰の名を言ったところで、やめるつもりはないがな」

隆義は仰向けになっているせいで脇に零《こぼ》れた胸を掬《すく》い上げるようにして、グッと胸を掴《つか》んでくる。

「あっ！」

ビクンと身体を引き攣《つ》らせたとき、未紘の薄赤い突起は、隆義の口腔《こうこう》に咥《くわ》えこまれてしまっていた。

「……や、や……っ、放して……くださ……」

乳輪ごと深く咥えこまれた乳首が、熱い粘膜に擽《くすぐ》られると、ゾクゾクとした痺《しび》れが走り抜けていった。

「んっ、んんぅ……」

薄赤い乳輪の形を辿《たど》るように、ぬめった舌が弧を描く。

「凝ってきたぞ」

隆義の口腔のなかで、口蓋《こうがい》と熱い舌に扱《しご》かれ、未紘の乳首が硬く凝る。唾液《だえき》に濡《ぬ》れた突起が、チュッと強く吸い上げられた。

「男を知らない身体は、反応が鈍いからな。たっぷり弄《まさぐ》って、感じやすくなるまで、じっくり慣らしてやる」

「……ん、んぅ……っ！」

小さく身体を縮こませたままの未紘の胸を、隆義はさらに咥えこむ。そして、舌で乳首を舐めおろしたり舐めあげたり、柔らかな胸に押し込んだり痛いぐらいに吸い上げたりしてくる。こんないやらしい行為に反応する身体にされたくない。

「……い、いや……いや……っ、やめて……」

抗《あらが》おうとするが、やはり力ではかなわない。柔らかな羽根布団のうえを、足の踵《かかと》で掻くしかできなかった。

「舐めるたびに、身体がヒクついているな。……もしかして、気持ちいいのか？　処女のくせにいやらしい奴だな」

唾液に塗れた乳首を、執拗《しつよう》に弄《もてあそ》びながら、隆義が囁《ささや》いてくる。

「……っ！」

ひどい罵倒《ばとう》に渾身《こんしん》の力を振り絞ろうとする未紘の腕を、隆義は片手でまとめて押さえつけた。そして片方の乳首を舌で弄び、もう一方をいやらしく揉《も》みしだき始める。

「く……、ん……、んぅ……」

硬く尖《とが》った乳首を指の腹でコリコリと擦《こす》り立てられると、甘い疼《うず》きがじわじわと湧き上がってきた。

「……は、放し……、やぁっ」

未紘が泣き濡れた声をあげたとき、隆義は恍惚《こうこつ》とした表情で、熱い息を吐いた。

「やはりお前の声は、堪《たま》らないな。……抱きたくなる」

＊＊　＊＊　＊＊

幼い頃の隆義にとって、父の伊勢知長嗣は憧《あこが》れの対象だった。

眉目《びもく》秀麗、文武両道、冷静沈着、公明正大。人柄もよく穏やかで、大変な立場にあるというのに、父が苛立《いらだ》っていたことは一度もない。見合い結婚である母との関係も良好で、まさに非の打ちどころがない人物に見えていたからだ。

世襲制のグループ企業は、無能なトップの杜撰《ずさん》な経営のせいで衰退の一途を辿ることが多い。そのなかで伊勢知長嗣は、親から受け継いだグループ企業をさらに発展させ、新規分野でも目覚ましい活躍をみせていた。

父のようになりたい。隆義が幼い頃、心から願っていたことだ。

隆義は伊勢知グループの跡取りとして、皆の期待を背負い、己を律して品行方正に生きていたつもりだった。しかし、隆義にはひとつだけ疑問があった。

「ただいま。小夜子さん。良かったらこれをもらってくれないか」

母のためのプレゼントを、父は手にして帰ることが度々あった。

「まあ、綺麗《きれい》。嬉《うれ》しいわ」

その場では喜んで受け取るものの、母は手渡された花束やネックレスを後でゴミ箱に捨ててしまっていたのだ。

伊勢知グループの総裁である父のプレゼントだ。美しく華やかで価値のあるものばかりなのに、プレゼントを見る母の眼差《まなざ》しは、まるで汚泥を見るかのように冷たかった。

「どうして、プレゼントを捨てるんだ？」

見るに見かねて母に聞いて見たことがあった、すると小首を傾げて尋ね返される。

「なんのことかしら」

とぼけてみせる母を、隆義はさらに追及した。

「父さんからのプレゼントだ。どうしていつも捨ててしまうのか、知りたい」

すると、母はすっと目を逸《そ》らす。

「……だって、私に買ってくれたものじゃないもの……」

母の表情があまりに冷たくて、隆義はそれ以上の追及はできなかった。

他の人のために父はプレゼントを買っている。つまりは、浮気をしているということなのだろうか。だが、なぜその相手にプレゼントを渡そうとしないのか。

隆義には理解できない。

父に直接尋ねるわけにも行かず、隆義は運転手のひとりに声をかけた。

「……父が通っている女のところに連れて行ってくれ」

運転手は目を丸くした。

「そ、そんな方はいらっしゃいませんよ」

動揺が透けて見える。これで誤魔化されると思っているのなら、大間違いだ。

「嘘を吐く人間など、伊勢知にはいらない。この場で辞めるか、私を案内するか、今すぐに決めろ」

運転手は震えあがって、隆義を長嗣の想い人のところへと連れて行った。

聞けば父は、幼い頃からひとりの女性に入れ込んでいて、結婚した今も熱心に愛を囁いているのだという。だが、相手の女性は家庭を持っていて子供もおり、ついにはストーカーとして訴訟を起こされそうになっているというのだから呆《あき》れてしまう。

「……まさか、あの父が……」

隆義は、運転手の話をすぐには信用することができなかった。しかし、小さなアパートの付近で、ちょうど父が女性に必死に花束を渡そうとしている姿を目の当たりにしては疑いようがない。しかも相手は、絶世の美女でもなければ、美しく装っているわけでもない。地味で平凡で特筆すべきところがなにもない女性だった。もちろん母が劣っているところなど、なにひとつ見つからないぐらいだ。

隆義はずっと父である長嗣に憧れていた。心酔していたと言っても過言ではない。しかし嫌がる女性に必死に追いすがる父には、憐《あわ》れさ以上に嫌悪感すら覚えた。

その日、隆義が素知らぬ顔で邸《やしき》に帰ると、父は他の女性に受け取ってもらえなかった花束を、母にプレゼントしていた。

母は笑顔で花束を受け取ると、今までと同じように後でゴミ箱に捨てていた。笑顔の裏で、どれほどの怒りを抑えているのか、ようやくわかった気がした。

隆義が同じことをされたら、目の前でプレゼントを床に叩《たた》きつけて、踏みしめていただろう。しかし、そんなことをすれば、結婚生活は破綻《はたん》する。

伊勢知ほどではないが、母も富豪の令嬢だ。実家に帰っても、生活に貧窮することはない。どれだけ侮辱に打ち震えても、笑顔で堪えているのは、息子に跡目を継がせるためなのだろう。

ようやく母の怒りの理由を知った隆義は、父の想い人のもとに、ふたたび向かうことにした。父が母を蔑《ないがし》ろにして、あんな平凡な女性を口説いているのが、どうしても理解できなかったからだ。

できれば直接会って、話をしてみたい。隆義はリムジンに乗り込み、父が入れ込んでいる女の住むアパートに向かった。そこで運転手に尋ねる。

「お前は、なぜ父があんな女に入れ込んでいるのか知っているのか？」

　すると、とんでもない答えが返ってきた。

「伺ったことはありますが……大人の事情というもので……」

「いいから言ってみろ」

　その後、詳細な話を聞いた隆義は開いた口が塞《ふさ》がらなかった。

　どうやら父は、あの地味で冴《さ》えない女性のすべてに、欲情してしまうらしい。それだけではなく、誰もが平伏して擦り寄ろうとする伊勢知の名にも屈しない気丈さと、弱者を見捨てられない優しさを求めてやまないのだという。つまりは、立場もわきまえられないバカな女だが、欲情するということなのだろう。やはり理解できなかった。

　隆義は小学六年生だ。十二歳にもなれば同級生たちは次々と自慰を覚えて、精通しているらしかった。自慢げにそのことを話されるたびに、顔を顰《しか》めていた。

　隆義は生まれてから一度も性的興奮を覚えたことなどなかったからだ。

　幼い頃から厳しく躾《しつ》けられた隆義は、簡単には動じない精神力を身に着けている。そのことが、性的興奮の妨げになっていたのかも知れない。だが、隆義は気にしていなかった。個人差はあれども大人になればいつしか、愛する人を抱くようになるだろうと、漠然と考えていたからだ。

「目立たないように近くでおろしてくれ。アパートまでは歩いていく」

　リムジンでアパートに乗りつければ、件《くだん》の女性に警戒されるのは目に見えていた。せめて人目につかないように車を降りると、悲痛な叫びが聞こえてくる。

「いやっ、はなして！」

幼い女の子が泣きじゃくり、助けを求める声だ。どこから聞こえたのか解らず、辺りを探すが、やはり姿は見えない。もしやと思い、公園のなかへと駆けて行くと、土管のトンネルのなかで男に抱え込まれている少女の姿を見つけた。

「いや、いやっ。こわいよ。……おかあさんっ！　おとうさんっ」

ゾクゾクと身体が震えた。それを押し殺して、隆義は大声をあげた。

「誰かっ、女の子を助けてあげてっ！　変なおじさんがいる」

男は慌てて土管の反対側から逃げ出し、隆義は少女を無事に保護することができた。

「大丈夫か？」

小さな子の扱いなど解らない。隆義が恐る恐る尋ねると、女の子はコクリと頷《うなず》いた。

「……う、うん……、こ、怖かったの……」

しゃくり上げながら訴える少女の声に、隆義は抱きしめたい衝動に駆られてしまう。

相手は幼女だ。それなのに、どうして、こんなにも甘い感覚に囚《とら》われるのだろうか。

震えてしまって歩けなかった少女をどうにかアパートまで送ると、仕事から帰ってきた様子の母親が、慌てて駆けてくる。

「どうしたの。未紘。転んじゃったの？」

女の子は暴れた拍子に土管で擦りむいていたらしい。膝《ひざ》が赤くなっているのを見つけ、母親が尋ねる。

「……うん……。痛いの……」

涙に瞳《ひとみ》を潤ませた女の子を抱き上げて、母親は優しく背中を撫《な》でてやっていた。その顔を見て驚く。女性は、隆義が会おうとしていた父の想い人だったからだ。

「この子の面倒をみてくれて、ありがとうね」

すべてを包み込むような、優しい声だった。会ったばかりだというのに心を許してしまいそうな感覚に、隆義は愕然《がくぜん》とする。

「用があるので、これで失礼する」

隆義はふたりに背を向けると、一目散に邸へと帰った。そうして部屋に入ると、ベッドの脇に蹲《うずくま》る。

胸がひどく高鳴っていた。脳裏を過《よぎ》るのは、少女の泣き声だ。

『いや、いやっ。こわいよ』

押さえつけていたのが、他の男ではなく自分だったのなら、あのままどうしていただろうか。そんなあり得ない妄想に駆られていると、ふいに下肢の中心に熱が集まってくるのを感じた。

「……っ！」

恐る恐るズボンのファスナーをおろすと、硬く隆起した陰茎が下着を押し上げている形が目に映る。コクリと息を飲んで隆義が下着をずらすと、ピンと硬くなった性器が露《あら》わになった。

「……な………っ」

生まれて初めての勃起《ぼっき》に、手が震える。硬くなった陰茎の先端がチリチリと痛む。まだ精通していない隆義の性器は、皮が被《かぶ》ったままで、苦しげに頭を擡《もた》げていた。そっと指で触れてみると、いつもとはまったく違った。まるで意思を持って動き出したかのようで、ひどく熱い。

「……っ、……はぁ……」

指を一本、二本と動かし、硬くなった陰茎を握り込む。すると、ムズムズと焦《じ》れたような疼《うず》きに苛《さいな》まれて、堪《たま》らなくなってくる。

「あっ」

クチュリと湿った肉棒を包皮ごと擦《こす》ると、思わず声が漏れた。邸は広いとはいえ、誰が廊下を通りかかるか解らない。慌てて鍵《かぎ》を閉めると、隆義は逸《はや》る心臓の音に急《せ》かされるように、手を動かし始める。

「ふ……ぅ……っ」

羽根布団に唇を押し当て、ゆるゆると包皮ごと擦るようにして硬くなった雄を扱《しご》き上げていく。

「……ん、んぅ……」

熱く身体が昂《たか》ぶるのをとめられない。隆義が興奮している原因は、すべてあの幼い少女の声だった。そのことに対する罪悪感と、嫌悪感が、交互に胸に去来する。

だが、それ以上に、膨れ上がった雄の滾《たぎ》りを、擦りつける快感が勝ってしまう。

先端から、透明な液が滲《にじ》み出し、充血した肉竿《にくざお》がぬらぬらと卑猥《ひわい》に濡《ぬ》れていた。

「く……っ、はぁ……、あ……っ」

手のなかの雄が熱くて、ひどく息が乱れる。

躊躇《ためら》いがちだった手の動きが、次第に速くなっていく。

「……っ……、んんっ」

はしたないことなどしたくないのに、陰茎を扱き上げる手をとめることができない。

そうしてついに、ビュクッビュクッと白濁とした粘液が吹き出し、ベッドのマットレスに浴びせかけられる。ドロリとした液が流れ落ちる様子を、隆義は放心したまま見つめていた。部屋に充満する青臭い匂いに、吐きそうになる。

「……っう……、あ、あぁ……っ」

興奮が収まると、むなしさとともに、目の前が真っ暗になった。いたずらされて助けを求める幼女の泣き声に興奮して、精通が起きたという事実に、隆義は深い後悔を覚えてしまう。

「い……やだ……」

自分のしたことが、信じられなかった。

隆義は伊勢知グループを継ぐ者として、厳しく躾けられてきたにも拘《かか》わらず、このような事態になってしまったことを、深く恥じた。自分自身や身体を嫌悪せずにはいられない。そして自分は紛れもなく愚かな父の息子なのだと思い知った。

それから隆義は、さらに己にも他人にも厳しく生きてきたつもりだ。

伊勢知グループ、ヴォーチェの従業員が間違いを犯したときには、公務員以上に厳しく罰することになっている。優雅で紳士的な行動は、隆義が求めるものだ。事細かなルールを順守して、ゲストをもてなすことこそが至福。

それなのにひとりの女が、すべての価値観を破壊して、少年だったあの日と同じ間違いを、隆義に犯させようとしていた。

＊＊　＊＊　＊＊

「お前が幼い頃、男に襲われそうになっていたとき、助けてやったのは私だ」

思いがけない告白に、未紘は目を瞠《みは》った。

「え……っ」

その日のことは今でも覚えている。ひとりで遊んでいた未紘に声をかけてきた男がいたのだ。優しそうに見えた知らない男と、公園で無邪気に遊んでいた未紘は、土管のなかで、後ろから抱えこまれてしまったのだ。

泣いて助けを求めていると、見知らぬ少年が声をあげて助けてくれた。

「公園の土管のなかで、怯えていただろう。……だから、今でも男を苦手に思っているんじゃないのか？　まさか他にも、あんな目に遭わされたのか」

未紘が公園の土管で男に襲われそうになっていたことは、両親すら知らない話だ。

どうやら本当に隆義は、あのときの少年であるらしい。

以前にも、未紘が男性を苦手に思っていることを、隆義に指摘された覚えがある。てっきり衛太から聞いたのだと思っていたが、勘違いだったようだ。

幼い頃は動揺のあまり、助けてくれた少年に対して、お礼を言うことができなかった。

未紘は今でもそのことを悔いていて、助けてもらったことを感謝し続けている。まさか恩人とも呼べる相手が、隆義だったとは思ってもみなかった

「……あ、あの……」

「なんだ」

怪訝《けげん》そうに隆義が眉根《まゆね》を寄せる。

「あのときは、ありがとうございました。……ずっとお礼が言いたくて……」

感謝の気持ちを伝えた未紘に、隆義は苦笑いを返す。

「自分の状況を忘れているんじゃないのか」

「あ……っ」

未紘は隆義に襲われそうになっていたことを思い出す。あまりの動揺に、すっかり頭が真っ白になってしまっていた。

衣服を乱されて、押さえつけられた状況だ。悠長にお礼を言っている場合ではない。

「私のおかげで幼女の頃に犯されずに済んだ礼に、身体を捧《ささ》げるぐらいしたらどうだ」

悪い人みたいなことを言わないで欲しかった。幼い日から抱いていた感謝の気持ちまで踏みにじられるようで、未紘は泣きたくなってしまう。

「い、いやですっ」

涙目で拒絶すると、隆義が怜悧《れいり》な眼差《まなざ》しで見据えてくる。

「……おい。口を手で押さえなくていいのか？」

とつぜん尋ねられ、ハッとした未紘は、ふたたび唇を掌《てのひら》で覆おうとした。だが、それより先に、素早く動いた隆義に唇を奪われる。

「……ん……ぅ！」

フッと勝ち誇ったように微笑まれ、いっそう恥ずかしくなる。羽根布団に埋《うず》もれそうになりながら、頭を振って口づけから逃れようとするが、さらに強く唇を押しつけられた。このままでは、舌を挿《い》れられる。衛太の淫《みだ》らなキスをふいに思い出した未紘は、ギュッと歯を食いしばった。

「なんだ。衛太に舌まで挿れられたのか」

自衛しようとする未紘に対して、忌々しそうに隆義が呟《つぶや》く。

「だが、……怯《おび》えて避けられるようなら、衛太は大して上手《うま》くなかったんだな。……気持ちいいキスはクセになるぞ。……私がよくしてやるから、口を開けろ」

そんなことを言われて、口を開けられるはずがない。未紘はふるふると頬を微かに横に振って、拒絶しようとした。

「私は頼んでいるわけじゃない。命令しているんだ。私がやれと言ったら、やるんだ」

顎《あご》をグッと摑《つか》まれると、痛みに歯列が開いた。

「あ……ぅ……！」

瞳《ひとみ》を潤ませながら隆義を見上げると、彼は黒縁の眼鏡をとり、ベッドボードの棚に置いた。その仕草が、ひどく魅惑的で、心臓がとまりそうになってしまう。

「いい子だ。そのまま大人しくしていろ」

逃げようとする未紘の舌に、生暖かく濡れた感触が絡みつく。

「……ん、んぅ……っ」

長い舌で歯茎や歯列を辿《たど》られ、ビクリと身体が引き攣《つ》った。舌の付け根や頬の裏の敏感な部分まで擦りつけられると、未紘の身体はビクビクと跳ねてしまう。

「嫌がっていた割には、いい反応をするじゃないか」

クスリと笑われ、泣きたくなった。

唾液《だえき》を捏《こ》ね合わされながら口腔《こうこう》中を長い舌で辿られる間にも、片手で胸が摑まれる。指の間で硬く尖《とが》った乳首が挟まれ、クリクリと擦りつけられていく。敏感な部分を緩急をつけて弄られるたびに、じわじわと鈍い疼きが身体を走り抜けてしまっていた。

「は……、ん……ぅ……、ん、ん」

ビクンと身体を仰《の》け反らせ、喘《あえ》ぎ混じりの息を漏らす。すると、さらに深く口づけされ、引き攣る舌を吸い上げられた。

「……ふ……ぅ……、く……ンンッ」

隆義が自負するだけあって、彼の口づけは巧みで、蕩《とろ》けてしまいそうになる。

彼の舌が粘膜を辿るたびに、ゾクンゾクンと身体に甘い疼きが走り抜けていく。

どうしようもなく身体が熱くなって、呼吸が乱れるのをとめられない。

「……や……っ、ん、んぅ……」

それでも懸命にキスから逃れようとしていると、もう片方の手が、未紘の下肢へと伸ばされた。太腿《ふともも》を大きな掌で撫《な》で回される感触に総毛立つ。

隆義の手は、弧を描くようにして未紘の下肢をたっぷりと弄り、ついにはキュッと閉じ合わせた太腿の間に指を入り込ませてくる。

「そこは……、……や……ん、んぅ……」

唇の隙間から訴えようとしたが、声を漏らせないほど深く口づけされてしまう。グッと力強く入り込んだ指は、すぐにショーツに辿り着く。そして、布地越しに媚肉《びにく》を柔々と揉《も》み始めた。長い指が動かされるたびに、割れ目の奥に隠された肉芽が間接的に扱《しご》かれ、未紘は無意識に腰をくねらせてしまう。

「……放……、んふ……っ」

隆義の長い舌が熱く濡《ぬ》れた口腔を辿ると、ヌチャヌチャという水音が湧き立つ。粘りつくような卑猥《ひわい》な水音が、いっそう恥ずかしくて堪《たま》らない。

未紘は力を振り絞って、自分に覆いかぶさる隆義のしたから這《は》い出そうとした。だが、どうあがいても身動きはとれず、逃げようとした罰だとでも言うように、いっそう強く身体を弄られ始めてしまう。

「逃げるな。私ほど条件のいい男など、そうはいないぞ。身勝手な父を見ていたからな、浮気をするつもりもない。お前に不利益なことなどないだろう」

未紘は結婚に対して、利益など求めるつもりはない。もしも結婚できるのなら、父母のように愛し合える相手としたいと思っている。

一方的に身体を繋《つな》げられて、喜べるわけがなかった。

「私のものになれば、母親の身代わりにされることもない。お前にとっても悪くない話だろう。……わかったなら、大人しくしろ」

じんわりと湿ったショーツ越しに、蜜口《みつぐち》のなかへと指を押し込まれて、未紘は息を飲む。鉤針《かぎばり》のような形で指が揺さぶられると、花びらのような突起まで擦《こす》りつけられ、いっそう蜜が滲《にじ》んできた。

じっとりと濡れた布地が陰部に張りつく感触に、身震いが走る。

「……や、やぁ……、ん、んんっ」

このままでは、誰にも許したことのない身体を押し広げられ、雄を受け入れさせられることになる。背中を動かし、未紘はずり上がるような恰好《かっこう》で、逃げようとした。

だが隆義は体重をかけて未紘を押さえつけると、いやらしい染みのついたショーツをずらして直接陰部に触れてくる。

「……ぅんっ！」

未紘は目を瞠った。濡れた瞳でやめて欲しいと訴えかけるが、隆義は手を放してくれない。それどころか狭隘《きょうあい》な肉孔に指を押し込んでくる。

「う……っ、ん、……はぁ……、あ……っ。」

抵抗の声は、口づけによって塞《ふさ》がれたままだ。ヌチュヌチュといやらしく舌を絡められ、言葉を紡ぐことができない。

未紘の濡襞《ぬれひだ》を押し開いて、グチュグチュと指が掻《か》き回され始める。ゾロリと内壁を擦り上げ、溢《あふ》れる蜜を捏ねるたびに、ヒクヒクと淫唇《いんしん》が震える。擦られる痺《しび》れと、掻き回される居たたまれない感触に、未紘は足を悶《もだ》えさせてしまっていた。

「感じている顔は、悪くない。……むしろ、もっと乱してやりたくなる」

そんな風に褒められても嬉《うれ》しくなどない。微かに首を横に振ると、さらに指が増やされた。

「……く……ん、んぅ……んんっ」

力強く蜜口を左右にぐっと開かれると、熱く疼《うず》いた肉洞に空気が入り込み、腰が引けてしまう。

「狭いな。もう少し慣らさないと挿《はい》りそうにない」

「挿れ……ないで……っ、もう……ゆ……び……抜いて……くださ……」

隆義の唇が離れた隙をついて、未紘は懸命に訴える。このままでは愛されてもいない相手に、純潔を奪われることになるだろう。言いなりにはなれない。

「バカなことを言うな。挿れずに、どうやって孕《はら》ませるんだ？」

目の前が真っ暗になる。隆義は未紘を抱くだけでは飽き足らず、孕ませようとまでしているらしい。すべては因縁のある女の娘である未紘と彼の父の結婚を阻むため。そして、弟たちに不釣合いな相手と結婚させないため。

愛もないのに、隆義は自分が犠牲になって、未紘を保有しようとしているのだ。

「やぁ……、や……ですっ……」

未紘は道具ではない。感情がある。

涙目で訴えると、さらに指が加えられた。三本の指が媚肉の奥に挿り込んでくる。

「……ひ……ぁ……っ、あ……っ」

仰け反りながら唇を開き、ヒクヒクと赤い舌を覗《のぞ》かせた未紘を、隆義は恍惚《こうこつ》とした眼《まな》差《ざ》しで見下ろしてくる。

「その声。やはり堪らないな。女を抱くのに、こんなに興奮したのは初めてだ」

普段は不機嫌そうで、いつも鋭い眼差しをしている隆義の高揚した様子に、いっそう恐ろしさが募ってしまう。

「……しないで……くださ……い……」

眦《まなじり》に涙の珠《たま》をつくりながら、懸命に訴えるが、やはり聞き入れてはもらえない。

「もっとお前の声を聞かせろ。存分に喘がせてやる」

そうして、隆義が片手で未紘を押さえつけたまま、もう片方の手でベルトのバックルを外そうとしたとき――。

とつぜんスイートルームの寝室の扉が開け放たれる。

「……え……っ」

室内にはスーツ姿の男たちが何人も雪崩れ込んできて、最後に伊勢知長嗣が姿を現した。未紘はとつぜんの事態に唖然《あぜん》とする。だが、服を乱されたままの姿でいることに気づいて、慌ててブラウスを掻き合わせる。

「久しぶりだね。元気だったかい、未紘ちゃん。……それと隆義。レイプは犯罪だよ？パパの大事な人になにをするつもりなんだい」

長嗣は穏やかな笑みを浮かべているが、まったく瞳《ひとみ》は笑っていなかった。

「この若さで還暦前の男と無理やり結婚させられるのは、憐《あわ》れだからな。父さんの代わりに、もらってやろうとしただけだ」

隆義は平然とした表情で、そう言い返す。

「言い訳は見苦しいね……。本当は弟や他の男に出し抜かれて、焦っただけなんだろう。ああ、見苦しいじゃなくて、情けないと言うべきかな」

なぜ長嗣まで、未紘が会社で男性社員に声をかけられたことや、陸や衛太とのことを知っているのだろうか。それにつけても長嗣の言い方ではまるで、隆義が未紘のことを好きであるかのように聞こえる。なぜか隆義は否定も肯定もせず、小さく舌打ちした。

「どうして、この部屋にいると解ったんだ」

怪訝《けげん》そうに隆義が尋ねると、長嗣は肩をすくめた。

「隆義が統括しているホテルだろう。解るに決まっているじゃないか」

長嗣の返答を聞いても、隆義は納得できていない様子だ。

「従業員には口止めしたし、念を押して他の名前でチェックインしたはずだ」

未紘をこのスイートルームへと連れてくるために、そんなことまでしていたとは、思ってもみなかった。長嗣は勝ち誇ったように片眉《かたまゆ》を上げて微笑む。

「伊勢知グループ総裁の職を離れていたって、すべてはパパの耳に入るに決まっているじゃないか。隆義はもう家督を継いだ気でいたのかな。気が早いことだ」

「耄碌《もうろく》した老人には、荷が重いと思ってな」

「相変わらず口が減らないね。まったくかわいげが足りない。うちの息子たちは」

「父さんにかわいがられても吐き気がするだけだ。必要ないだろう」

長嗣と隆義が無言のまま見つめ合うと、部屋の室温が下がったかのような威圧感を覚える。ふたりを見比べながら、未紘はおろおろとしてしまっていた。

「未紘ちゃん。そんな困った顔をしていないで、こちらにおいで」

狼狽《ろうばい》している未紘に気づいたのか、長嗣が声をかけてくる。だが、隆義が前に出て未紘の姿を遮った。

「私の女に触るな」

「うーん。……なんだか、すごく腹が立ったなあ、その言葉」

スーツ姿の男たちのうちのひとりが、長嗣の合図でこちらに近づいてくる。隆義は相手と対峙《たいじ》して睨《にら》みつけた。未紘に指一本でも触れば、殴りつけそうな気迫だ。

「知っているだろうけど、家族とはいえ総理大臣であるパパのSPを殴ったら傷害罪だからね」

のんびりとした口調で長嗣が忠告してくる。

「私用で公務員を行使することは、罪に問われないのか」

忌々しそうに隆義は言い返した。

「襲われそうになっている女の子を助けただけだよ。私は」

「なんだと……」

怒りを露《あら》わにした隆義は握りこぶしを振り上げようとした。その手に、未紘は慌てて縋《すが》りつく。

「やめてくださいっ。隆義さんは伊勢知グループ、ヴォーチェの取締役でしょう。喧嘩《けんか》なんかしたら、大変なことになります」

しかも相手は父親とはいえ、総理大臣だ。怪我なんてさせたら、騒ぎになってしまう。ふたりの名声に傷がついたら、伊勢知の社員や所属政党にも迷惑をかけることになる。

「伊勢知さんも、わざと隆義さんを怒らせるような言い方をしないでください」

泣きそうになりながら未紘が訴えかけると、長嗣はなぜか嬉しそうに微笑んでくる。

「ひどい目に遭わされた相手を庇《かば》うなんて、未紘ちゃんは優しいね。さすがは早苗さんの娘さんだ。……ところで息子は名前で呼ぶのに、私のことは名字なのかい？」

伊勢知の言葉の途中で隆義が遮る。

「耳を貸すな。名前で呼んだが最後、あの男とすぐにでも無理やり挙式をさせられることになるぞ」

「……え……っ」

未紘は怯《おび》えた眼差しを長嗣に向けた。

「失礼なことを言わないでくれるかい。私は無理強いなんてしないよ。不肖の息子とは違ってね」

静かに長嗣と隆義が睨みあう。しかし、先に長嗣の方がふっと笑って、未紘の方へと顔を向けた。

「未紘ちゃん。服を整えたら隣の部屋に来てくれるかな。話をさせて欲しいんだ」

「行かせない」

唸《うな》るように隆義が言い放つと、長嗣が片眉をあげてみせる。

「しばらく不味《まず》い食事と硬いベッドで生活したいのかな。自虐だなんて、いつの間にパパの感心できない趣味を持ったんだい、隆義」

ＳＰに手を出せば、傷害罪で起訴すると脅されたばかりなのに、隆義は言うことを聞こうとしない。隣で見ている未紘の方がはらはらしてしまう。

「伊勢知さんとお話しさせていただきますから……、隆義さんを捕まえないでください」

怯えながらも未紘が訴えると、横から隆義に腕を回された。

「……た、隆義さん？」

そのまま胸のなかに引き寄せられ、額にチュッと口づけされた。

「私を心配しているのか？　どうしてその素直さを、ベッドのなかで出せないんだ」

その言い方では、未紘は隆義を愛しているから庇っているように聞こえる。

「隆義さん！　冗談を言っている場合では……」

耳まで真っ赤になりながら叱責《しっせき》すると、長嗣が引き攣《つ》った顔で言った。

「……婦女暴行の現行犯で捕まりたくないなら、もう余計なことはしない方がいいよ」

＊＊　＊＊　＊＊

長嗣に隣で話がしたいと言われて、寝室を出たはずだった。

しかし未紘は廊下へと連れ出された。そのままエレベーターでＶＩＰ専用の地下駐車場出口に連れて行かれ、リムジンに乗せられてしまう。

「大丈夫だよ。会社はしばらく休みにさせたから」

つまりは、しばらくアパートに帰してもらえないということだ。

このまま長嗣と無理やり結婚させられるのだろうか。未紘は真っ青になる。

御曹司たちの話では、伊勢知長嗣は母の身代わりで強引に未紘を妻にするつもりだと言っていた。まさか、どこかで結婚式を挙げさせるつもりなのだろうか。

「お、おろしてください」

長嗣は車内の奥の席にどっかりと座っていた。未紘は一番遠い場所に、ちょこんと座ったまま彼をうかがう。

「そんなに怯えないでくれるかな。私も今は一応国を背負って立つ身だからね。バカ息子たちみたいに無理強いなんてしないから」

確かにその通りだろう。未紘はどうにか震えをとめて、長嗣に尋ねた。

「お話があるというのは、いったい……」

「未紘ちゃんは、海と山のどちらの方が好きかな」

とうとつに尋ねられ、未紘は困惑する。

「以前、買ったものがあって、まだいちども見たことがなくてね。せっかくだし、足を延ばしてみようかと思って」

もしかして、未紘をどこかに連れて行こうとしているのだろうか。

「……じ、自分のうちが一番好きです……」

答えてから、はたと気づいた。こんなことを言って、長嗣がアパートに来てしまったら、どうすればいいのだろうか。

母の法要の日は、総理大臣が目の前にいきなり現れた驚きのあまりに、長嗣を部屋に入れてしまった。伊勢知の兄弟たちから過去を聞いた今、長嗣に対してあんな不用心な真似はできない。

「そうか。未紘ちゃんはうちが好きなのかい。ご両親にとても愛されていたんだね」

どこか淋《さび》しそうに長嗣が答える。

確かに、未紘の両親はもう亡くなっているが、家族のことを好きな記憶がなければ、寂れたアパートの一室を『うちが一番だ』、なんて言えないだろう。そのことを長嗣も理解したらしい。

「住んでいるところに送ってあげたいのは山々だけど、ちょっと確かめたいことがあってね。まだ帰してあげられないんだ。ゆっくり話をしよう。お蕎麦《そば》と金目鯛《きんめだい》の煮つけ、どちらが食べたいか教えてくれるかな」

その言葉にホッと息を吐く。どうやら長嗣は食事をするつもりだったらしい。

「伊勢知さんのお好きな方にしてください」

お蕎麦も魚の煮つけも好物だった。ひとり暮らしになってから、うちで魚を煮つけることがなくなったことを思い出し、未紘はしんみりとしてしまう。

だが、そこに耳を疑うようなセリフが聞こえた。

「じゃあ熱海まで金目鯛の煮つけを食べに行こうか」

長嗣はとんでもないことを平然と言い出すと、リムジンの運転手に通じるマイクに話しかける。

「ヘリポートまで頼むよ」

熱海という店の名前ではなく、本当に静岡まで出かけるつもりらしい。

「……え!? い、今からですかっ」

食事をするために、わざわざそんなところまで行こうとするなんて信じられない。

それに長嗣は総理大臣だ。静岡まで足を運んでいて、至急戻らなければならない用事ができたらどうするのだろうか。

「心配なく。車や電車だと少し時間がかかるけど、ヘリに乗ったら四十分ほどで着くから、なにかあってもすぐ戻れるんだ。都内で渋滞に巻き込まれるより、時間はかからないよ」

便利な乗り物ほど、移動手段にお金がかかるものだ。未紘はヘリで熱海に行く費用で、何カ月も生活できる自信がある。もったいないことをしないで欲しい。それ以上に、長嗣のような計り知れない男性と、遠くに出かけたくない。

「お……、おろしてくださいっ！」

未紘は泣きそうになりながら訴えるが、伊勢知の兄弟たち同様、長嗣は話を聞き入れてはくれなかった。

＊＊＊

長嗣は本当にヘリポートから熱海に向かってしまい、総理大臣就任前に建てたという別荘に未紘を連れて来た。

「こぢんまりとしているけど、隠れ家みたいで趣があるね」

外観を見て長嗣が告げた言葉に、未紘はさらに驚愕《きょうがく》した。この豪壮な建物がこぢんまりとしているのなら、未紘の住んでいるアパートは、犬小屋どころか鳥の巣箱だ。

部屋に連れられた頃には、ちょうど料理が用意されていて、向かい合う座敷の席で食事をすることになってしまった。

懐石料理が振る舞われ、長嗣が目的としていた金目鯛の煮つけも用意されていた。

そうして今は、一緒に食後のお茶を飲んでいる状況だ。

「未紘ちゃんと食事をすると、一段とおいしく感じるよ。毎日、こうして食事ができると嬉《うれ》しいんだけどね」

「……い、いえ……。あの……」

赤の他人である長嗣と、毎日食事をするというのは、どういった状況なのだろうか。

未紘は誰かに助けを求めたかったが、ＳＰは外に出ていて、給仕の人も下がってしまっていた。

「和菓子は嫌いかな。一応、ケーキも用意させているんだけど、頼もうか？」

目の前には、芳《かぐわ》しい香りを放つ煎茶《せんちゃ》と柿を模した練りきりがある。三人の兄弟たちと定められた料理を摂《と》る約束をしていたのに、別のものを食べてしまったが、大丈夫だったのだろうか。

「いえ、お腹がいっぱいなので、結構です。ありがとうございます」

拒絶しながらも、目の前に甘いものがあるとつい食べてしまう。未紘は竹楊枝《たけようじ》で、練りきりを小さくとって口に入れる。

「やはり親子だね。……昔から早苗さんも和菓子が好きで、よくプレゼントしていたものだ。……いつも突き返されてしまったけど」

笑顔の後、長嗣は残念そうに溜息《ためいき》を吐いた。

「どうして、返されるのが解っているのに、プレゼントしていたんですか？」

そんなことをしたら、余計に嫌われるのではないだろうか。

「なぜって、口実がないと会いにいけないからだけど？」

長嗣は当たり前のように言ってのける。

「……それにあの早苗さんから向けられる軽蔑《けいべつ》の眼差《まなざ》し……、あの瞬間だけは、私だけを見てくれていたんだから、プレゼントを贈った甲斐《かい》は充分あったよ」

未紘にはまったく理解できない嗜好《しこう》だ。聞いているだけで、冷や汗が出そうだ。

「私の話より未紘ちゃんに聞きたいことがあるんだけど、いいかな」

「……は、はい」

長嗣は話があると言って、未紘をここに連れ出したことを、思い出す。

「どういったお話ですか」

もしも結婚話なら、隙などみせず、すぐに断らなければ。

「うちの息子たちのなかで、誰が一番好きかな」

だが、尋ねられたのは、思いがけない問いかけだ。未紘は目を瞠《みは》るしかない。

「……だ、誰とは……？」

「あの三人のなかで、結婚相手にするなら、誰がいいのか知りたくてね」

どうやら長嗣のところにも、陸とホテルのラウンジで抱き合っていた話や、日本料理店で衛太とキスしていた話が伝わっているらしい。

あげくには隆義にホテルの寝室で押し倒されて淫《みだ》らな真似をされていたのだから、誤解されても仕方がない。

「私は……、誰も……」

三人の兄弟たちに対して、他の男性に抱くような嫌悪感はなくなっていた。恐ろしさもさほどではない。しかし、誰が一番好きかと聞かれても、答えられない。

誤解されて彼らには怒られている節があるので、嫌われているのではないかと、申し訳なく思っているぐらいだ。

「三人も揃って、誰ひとり好きになってもらえないとは、我が息子たちながら、不甲斐ないね。まったく雁首《がんくび》を揃えてなにをやってるんだ」

長嗣は呆《あき》れた様子で溜息を吐く。

「自分のお子さんのことを悪く言わないでください。……それに……、息子さんたちは私に好かれても、嬉しくないと思います」

確かに三人のおかげで見た目はよくなったが、未紘の根本はなにも変わっていない。対して彼らは、恋人など望むだけ作れるほど、なにもかもを兼ね備えている。長嗣との結婚を阻むことさえできれば、未紘など用のない人間だ。

「誰も告白していないということかい？　呆れたねえ」

大仰に溜息を吐いた長嗣は、微笑みを浮かべながら未紘を見つめてくる。両親と同じような年齢、そのうえ三人の息子がいる人なのに、その眼差しは思わず息を飲むほど艶《つや》が含まれていて、胸の奥がひどくざわめく。

「……こ、告白なんて、するはずがありません。伊勢知さんは誤解しているようですが、ご兄弟は私のことが、別に好きなわけでは……」

なんだか落ち着かない気分のまま、早口で言い訳すると、ますます顔が熱くなってくる。そんな未紘の姿をジッとみつめると、伊勢知が真摯《しんし》な口調で言った。

「見守るつもりだったけど、放っておけないな。……未紘ちゃん。やっぱり私と結婚してくれないかい？　必ず幸せにするよ」

長嗣がそっと手を差し伸べてくる。

「伊勢知さん……、私は……」

「ん？　なんだい」

断ることしか考えていなかったのに、伊勢知の穏やかな声や雰囲気に飲まれてしまい、未紘は狼狽《ろうばい》してしまう。

「ちょっと待った！」

廊下側の障子戸が、とつぜん勢いよく開く。

「年甲斐もなく息子の女を攫《さら》おうとするとはいい度胸だな」

「ふざけんなよ親父！　誰にプロポーズしてるわけ？　その子、オレのなんだけど！」

「変質者とふたりきりで大丈夫だった？」

なぜかそこには、伊勢知の御曹司たちが揃って立っていて、長嗣に対して口々に文句を言い出す。

「パパの幸せを邪魔しようとするなんて、親不幸な息子たちだね」

すると長嗣は、いきなり未紘の手を摑《つか》むと、座敷の奥へと無理やり駆け出していく。

「え？　ええ!?」

襖《ふすま》が次々と開け放たれると、どこまでも奥の部屋へと続いていく。いったいこの別荘はどれほどの広さがあるのか、見当もつかない。

「未紘ちゃん。あいつらのいないところで、結婚式をあげようか。幸せにするよ」

「ふざけんな！　待てよ、親父っ」

後ろから三人の兄弟たちが追って来る。そしてすぐに衛太が前に回り込み立ち塞《ふさ》がると、三方を取り囲まれる恰好《かっこう》になった。

「さすがにね。私も自分が未紘ちゃんの夫になるには、年を取り過ぎていて、母親の身代わりにするのも忍びないと思っていたんだよ。……でも他のうちに嫁ぐところは見たくない。だから、息子たちの誰かと結婚してくれないかと思って、引き合わせたんだ。それなのに誰もいまだに気が引けてないとは……、まったく呆れたものだ」

長嗣はやれやれといった様子で溜息を吐く。まさか彼がそんなことを考えていたなんて思ってもみなかった。しかし、いくらなんでもすべてを兼ね備えた彼の息子たちが、地味で平凡な未紘を好きになるはずなんてない。呆れては彼らがかわいそうだ。

「……一番にこの別荘に来た息子に、未紘ちゃんを口説く権利をあげてもいいと言ったのに、まさか三人一緒にくるとは思わなかったよ。あんなに仲が悪かったのに、いったいどうしたんだい？」

どうやら未紘の知らない場所で、驚くような取り決めが交わされていたらしい。

彼らが同時にやって来たのは、誰も未紘など口説きたくなかったからに違いない。

お願いだから、これ以上、居たたまれない気持ちにさせないで欲しい。

未紘はしょんぼりと俯《うつむ》く。

「よく言う。東京中のヘリの所有者に圧力をかけ動かさないように命じていただろう」

だが、なぜか忌々しげに隆義が長嗣に文句をつける。

「でも、私の圧力に屈しない相手を見つけてしまったんだろう？」

つまらなそうに長嗣が肩をすくめると、今度は衛太が怒りを露《あら》わにした。

「それも自分が張った罠《わな》のくせに、よく言うよ」

「未紘ちゃんとふたりきりの時間を過ごすためなら、息子ぐらい追い落とすよ。だが、よく罠だと見抜いたね」

罠とはいったいなんなのだろうか。未紘にはさっぱりわからない。

どうして、圧力をかけられているのに、兄弟たちは熱海までやって来たのだろうか？

「オーナーもパイロットも様子がおかしかった。……瞬《まばた》きの回数も多くなっていたし、目が少し泳いでいた。あれで見抜けないようじゃ、人のうえには立てない」

「他を出しぬけた息子がいたら、言うことを聞くふりをして、よそに飛んでくれと頼んでいたのに、三人とも揃ってくるなんて残念だよ」

やれやれと言った様子で、長嗣は大仰に溜息を吐いた。

「つまり出し抜かなかったらいいってことだよね」

未紘はひとり首を傾げていると、彼らはなにがあったかを教えてくれる。

長嗣は、未紘を熱海に連れてくることを、息子たちに一斉にメールで知らせたらしい。そして一番に最初に辿《たど》り着いた者に、未紘を口説く権利をあげてもいいと言ったのだという。

三人の兄弟たちは、それぞれの伝手《つて》を使って、熱海に向かうことのできるヘリを用意しようとした。しかし長嗣はそれを見越していて、圧力をかけていた。

どうにか飛ばせられるヘリを見つけ、ヘリポートに辿り着いたのは三人同時で、言い争いになったらしい。だが、オーナーやパイロットの様子がおかしいことに陸が気づき、伊勢知全グループの社員のデータを把握している衛太が弱みを見つけ、今は実質グループを牛耳っている隆義が脅して言うことを聞かせたらしい。

しかし現場を離れたとしても、伊勢知グループ総裁である長嗣の命令に完全に背くことは出来ないというオーナーの話を聞いて裏を掻《か》いたのだという。

長嗣の命令は、『他の兄弟を出し抜いてヘリに乗り込んだ息子を茨城方面へと連れて行け』というもの。だから、彼らは誰も出し抜くことなく、三人でここにやって来たらしかった。

「だが、父さんは、私たちがそうしてやって来ることも見越していたようだな」

人好きのする笑みを浮かべる長嗣を、隆義は睨《にら》みつける。

「まったくうちの息子たちは、揃《つ》いも揃って優秀過ぎてつまらないな。今夜はゆっくり水入らずで未紘ちゃんと温泉に浸かるつもりだったのに」

未紘は長嗣の言葉に耳を疑った。どうして自分が長嗣と温泉に浸からなければならないのだろうか。

「未紘君。こちらに来い」

「そうだよ。未紘さん、危ないから僕のところにおいで」

「未紘を放せよ！」

三人三様に未紘を呼ぶ兄弟たちを、長嗣が鼻でせせら笑う。

「お前たち……、彼女に告白もしていないのに、淫らな真似をしていたそうだね。そんないけない子たちには、大切な早苗さんの娘を渡せないな」

その言葉を聞いた隆義が、怒鳴りつけてくる。

「父さんこそ、幼い未紘君に近づいてトラウマを植えつけただろうが！　おかげでそいつは、今も男に近づかれると震えあがるんだぞ」

未紘は驚愕《きょうがく》して、長嗣を振り返る。彼は否定も肯定もせずに、無言で笑っていた。

長嗣の整髪料の香りを、初めて会ったときから、どこか懐かしいと感じていた。だが隆義の言葉に、ようやくその理由に合点がいく。

そうだ。公園で一緒に遊んでいた優しそうな男性は、確かこんな感じの人だった。

未紘はガタガタと震え出してしまう。

「……いや、いや……っ、放して」

泣きそうになりながら長嗣の手を振り払おうとするが、力が入らない。

「た、助けて……、いや……」

しゃくり上げる未紘の身体を、彼らは急いで奪い取り、庇《かば》うように抱きしめる。

「痴漢だなんて人聞きが悪いな……。あのときは、……幼い頃の早苗さんにあまりにそっくりだったから、つい過剰にかわいがり過ぎただけなのに……。そうかあのとき邪魔した子の声に聴き覚えがあると思っていたら、隆義だったのか」

不愉快そうに長嗣が呟《つぶや》く。ぶるぶると震える未紘を、三人は取り囲んで、頭や背中を優しく撫《な》でてくれていた。

「もう怖くないよ。未紘のことはオレが守ってあげるから」

「あの男は私が断罪してやる。だからもう泣きやめ」

「あなたの気持ちはよく解るよ。怖かったね。……ひとりでもう悩まなくていいから」

それでも泣きやもうとしない未紘を見て、長嗣は焦ったように謝罪する。

「未紘ちゃん、そんなに泣かないでくれないか。……本当に、悪かったね。怖い思いをさせてすまなかった。まさか未紘ちゃんがそんなに怯《おび》えていたなんて考えてもみなかったんだ。なんてことだ。私は早苗さんの娘さんの心に深い傷を負わせていたのか……」

長嗣は深く詫《わ》びると、未紘の前で躊躇《ちゅうちょ》もなく土下座し始めた。

「この通り、心から謝罪させてもらうよ。幼い頃の早苗さんとあんまりそっくりだから抱き締めたくなっただけなんだ」

心の奥底で、凝り固まった恐怖が少しずつ解《ほど》けていく気がした。ずっと未紘は、あの土管のなかで、少年に助けを呼んでもらえなければ、もっと恐ろしい目に遭わされていたに違いないと考えていたのだ。だが、そうではなかった。

淫《みだ》らに触られていると思っていたのも誤解で、どうやら長嗣は、動物を愛《め》でるみたいにかわいがっていただけのつもりだったらしい。

「……や、やめてください……。そんな……」

長嗣を立たせようとすると、隆義がさらに長嗣を罵倒《ばとう》する。

「いくら時効とはいえ、過ちを犯したことに違いはない。放っておけ」

隆義の話を聞いた長嗣は、ムッとして言い返した。

「つい数時間前に未紘ちゃんをレイプしようとしたお前にだけは、文句を言われる筋合いはないんだがね？」

未紘が隆義に淫《みだ》らな真似をされそうになっていた話を聞いた陸と衛太は、庇うように背中を押してくる。

「身勝手な変態どもと同じ空気を吸ってたら、バカになっちゃうよ。行こう。未紘」

実の父親と兄に対して、衛太は容赦のない言い様だ。

「ここの温泉は肌にいいんだよ。背中を流してあげる」

陸の言葉につい頷《うなず》きそうになって、未紘は慌てて否定する。

「一緒になんて入りませんっ」

中性的に見えても、陸は男性だ。一緒にお風呂《ふろ》になんて入れない。

「個人の別荘だから、水着を着ていてもタオルを巻いていてもいいんだよ。もちろんオレは裸で入るけど。見たくない？　オレの裸。けっこう筋肉ついてるよ。未紘なら好きなだけ触らせてあげるし」

「い、嫌ですっ！　男の人の裸なんて、私、見たくありませんから」

左右を陸と衛太に挟まれ、逃げ場をなくしていると、後ろから長嗣が声をかける。

「そういえば、さっき未紘ちゃんに、お前たちのなかで誰と一番結婚したいか聞いたんだけどね……」

すると途端に、陸と衛太は足をとめて振り返る。

「それで？ 未紘は誰がいいって言ったんだよ」

先ほどまで気まずそうにしていた隆義も、静かに長嗣を見つめていた。

固唾《かたず》をのんで見守る兄弟たちを見返しながら、長嗣は嘲《あざけ》るように笑ってみせた。

「……未紘ちゃんは、誰も望まないようだよ。それどころか、お前たちに嫌われていると思い込んでいるようだね。まったく、そんな年になっても女性の口説き方すら知らないのかい。我が息子たちながら情けないものだね」

長嗣の話を聞いた彼らは、愕然《がくぜん》としている様子だった。

「え？ どうしてオレが未紘を嫌ってると思ってるの？ 意味わかんないんだけど⁉」

衛太がとつぜん声を荒らげるので、未紘は目を丸くしてしまう。

「私は、皆さんがあまりよく思ってない相手の娘ですし……、干物だとか、どこがいいのか解らないとか、色々言っていたじゃないですか……」

この状況で、嫌われていないと思える人がいるのだろうか。

未紘は間違ったことなど言ったつもりはない。それなのに彼らは、呆《あき》れていたり、憤慨していたり、唖然《あぜん》としたりしている。

「一緒にいてあんまり怯えるから、つい意地悪言っただけだって」

ふて腐れたように、衛太が呟く。

「言葉だけを鵜呑《うの》みにするなら、今から千でも万でも、好きだと囁《ささや》いていいけど？　愛している。ずっと僕の傍にいて」

「陸さん……、あの、……な、なにを……」

冗談かと思ったが、陸の表情は真剣そのものだ。

未紘は恥ずかしくなって俯《うつむ》いてしまう。陸にはからかわれてばかりだ。また騙《だま》そうとしているに違いない。未紘は落ち着こうとするが、なかなか冷静になれなかった。

「確かに初めて会ったときは、お前があまりにも己を顧みようとしないから呆れもしたが、今は……」

隆義はいつも毅然《きぜん》としているのに、今日はなんだか声が小さい。とつぜん口籠《くちごも》ってしまったので、未紘は首を傾げてしまう。

「すみません。よく聞こえなくて」

「隆義兄さんの話なんて聞かなくていいよ。未紘はオレのことだけ考えてればいいの！」

衛太がギュウギュウと背中を押して、未紘をその場から去らせようとする。

「誰よりもお前が欲しい。私と結婚しろ」

命令口調で隆義にプロポーズされて、未紘は心臓がとまってしまいそうなぐらい狼狽《ろうばい》してしまう。

「……え!? あの……隆義さん、熱でもあるんですか……」

彼らのなかで、隆義が一番未紘のことを罵倒していた覚えがある。彼は血迷ったのではないかと思えても仕方がない話だ。

「未紘。大スキ！ 結婚するならオレの方がいいって、毎日おいしいご飯をつくってあげるから、兄さんたちじゃなくて、選ぶならオレにしなよ」

確かに衛太のつくるご飯は、おいしい。未紘が思わず揺らいでしまいそうになると、陸が前からギュッと抱きしめてくる。

「僕は未紘さんしか触れないから、結婚してくれないと、一生独り身になるんだ。お願いだから見捨てないで」

陸は女性恐怖症だと聞いたばかりだ。なぜか未紘には触れられるそうだが、他の女性はいまだ克服できていないらしい。彼を助けられるのは自分だけだと思うと、胸が締めつけられる。

「嘘ばっかり！ それが本当だったら陸兄さんは三十二歳で童貞ってことになるよ!?」

衛太の言葉に、みんな沈黙してしまう。

長嗣がただひとり楽しげにニコニコと笑みを浮かべていた。

「……不穏な噂話があったので、調べさせてもらったが、陸には過去に人と懇意にしていた形跡がない。それどころか他人に接触している姿すら見た者がいないらしい……」

言いにくそうに隆義が呟くと、衛太が目を瞠《みは》った。

「それってつまり……」

隆義と衛太はまるで魔法使いでも見つけたような表情で、陸を見つめていた。

「なにか悪い？　別に秘密にしたことないけど？」

陸は臆面《おくめん》もなく言い返すと、未紘をじっと見下ろしてくる。

「未紘さん。あなただけなんだ。愛してるのも触れたいのも。お願いだから結婚して」

ホテルのラウンジで子供のように怯えて震える姿を思い出すと、陸の手を振りほどくことはできない。

「そんなのダメだよ！　オレだって未紘にしかもう勃《た》たないし！」

衛太は駄々を捏《こ》ねる幼子のように後ろからしがみついてくる。

「見苦しいぞ、お前ら。……おい未紘君。相手はよく選べ、このふたりよりは私を選んだ方が何十倍もマシだ。すべての欲を満たしてやる。私と結婚しろ」

傲岸不遜《ごうがんふそん》な声なのに、隆義は真っ赤になっていた。普段の冷静な彼とはまるで別人のようで、呆気《あっけ》にとられてしまう。

「それなら、兄さんたちよりもオレの方が何万倍もいいって」

ふたりの話を黙って聞いていた陸が、鼻でせせら笑う。

「……小学校で習わなかった？　ゼロになにをかけてもゼロのままなんだよ？」

熱海の夜は騒がしいままに更けていった。

＊＊　＊＊　＊＊

翌朝になると、すでに長嗣の姿はなく、首相官邸に戻ったようだった。彼の使いが手紙を運んで来てなかを開くと、『結婚相手は見つかったかな』と書かれていた。しかし、昨夜も結局、話の収拾は付かなかったのだ。

衛太の用意した料理を兄弟たちと囲んでいると、彼らがどこか気まずそうにしていることに気づく。

「どうかしたんですか？」

未紘が尋ねると、新聞を読んでいる隆義が苛《いら》ついた様子で言った。

「お前が起きてくる少し前まで、父がここに居たんだ」

続いて衛太が肩をすくめる。

「偉そうに『私の遺伝だと思っているようだが、好きな子の特に好きな所に興奮するのは男として当然だろう。お前たちは認めたくないようだが、未紘ちゃんに一目惚《ひとめぼ》れしたんだよ。そんなことも解らないなんて恥ずかしい子たちだね』って言い残してった」

長嗣は初恋の人に未紘がよく似ているため、そんな風に思えただけなのだろう。だが、未紘は、誰かに一目惚れされるほど秀でた所などひとつもない。

「一目惚れだなんて長嗣さんの勘違いですよ。……だから、そんなに怒らなくても……」

そもそも彼らはフェチ気質なところがあるから、未紘を好きだなんてあり得ない勘違いをしてしまっているのだ。未紘は慰めようとしているのに、彼らはなぜか恨みがましげに見つめてくる。

「誤解じゃないよ。お父さんの言う通りだって気づいたから、自分自身に腹が立ってしょうがないだけ」

陸は深く溜息《ためいき》を吐くと、悲しげに瞼《まぶた》を伏せた。

「ああもうっ！　オレどうして気づかなかったのかな。最初から素直に認めていたら、未紘を口説いても、すぐに信じてもらえたかもしれないのに」

「そもそもあの男が、幼い未紘君に誤解されてなければ、怯《おび》えられていなかったはずだ」

ふて腐れているふたりをよそに、陸がギュッと手を握ってくる。

「ごめんね……。僕、女性が苦手で、恋なんてしたことなかったから、どうしていいか解らずに傷つけてしまって。悪気はなかったんだ。……あなたが大好きだよ」

それを見た隆義と衛太は、ムッとした様子で立ち上がった。

「陸、抜け駆けするなっ！」

「陸兄さん、自分ばっかりいい顔するなんて、ずるい！」

四人で囲む食事は騒がしいことこの上なかったが、とてもおいしくて、そして楽しくて……。ずっとこんな日が続けばいいのにと願わずにはいられなかった。

＊＊＊

熱海から帰った後も、未紘を淑女にするためのレッスンは続いていた。長嗣のプロポーズは撤回してもらったが、代わりに三人の御曹司たちに結婚を申し込まれてしまったからだ。一ヵ月、未紘は彼らのもとに通い続けることになり、その間に誰が一番好きか選ぶように言われた。朝昼は衛太の用意した料理を食べて、夜は日替わりで陸と隆義の元に向かうことになっている。しかし、前とはまったく違っていた。他の兄弟たちが、付き添うようになったのだ。

今日は隆義のホテルでダンスを習う予定だが、やはり陸と衛太の姿もあった。

「どうしてお前たちが、ここにいるんだ」

あからさまに邪険に扱う隆義に、衛太が言い返す。

「オレと未紘のふたりだけの食事を毎日邪魔した挙句に、ちゃっかり自分まで食べ始めた隆義兄さんに文句言われる筋合いないんだけど」

最近では、毎食四人でご飯を食べている。まるで家族にでもなったみたいな状況だ。

「レイプ魔たちとはふたりきりにするなと、お父さんから言われてるからね」

「もしかして、それってオレも入ってるってこと⁉　まだオレ、未紘とキスしかしてないのに！」

お願いだから、淫《みだ》らな記憶を思い起こさせないで欲しかった。未紘が真っ赤になって俯《うつむ》くと、隆義が優雅な動きで、腰に手を回してくる。

「品のない奴らの相手などしなくていい。さあ、ダンスの練習だ」

燕尾服《えんびふく》を纏《まと》った隆義は、まるで生まれながらの貴族のように堂々としていて、側にいるだけで緊張が走る。未紘は男性が苦手なままだったが、彼らに対してだけは、あまり身構えなくなっていた。だが、見慣れない恰好《かっこう》に胸がドキドキしてしまって、冷静ではいられない。

「身体が硬いな。どうした」

怪訝《けげん》そうに尋ねられても困ってしまう。

肩の開いたドレスのスカートを抓《つま》んでもじもじしていると、衛太が駆けて来る。

「ねえねえ。隆義兄さんを相手にするのが嫌なら、オレと踊ろうか？」

いつの間にか陸までやって来て、未紘に手を差し出してきた。

「僕の方がいいんじゃない？　衛太のリードは優雅さに欠けるからレッスンにならない」

「お前ら、そういうことは、私よりも上手《うま》くなってから言え」

忌々しげに怒鳴りつけると、隆義は手を振ってふたりを蹴散《けち》らそうとする。

「習いごとついでに、世界チャンピオンになった隆義兄さんより上手くなれるわけないって。無茶言わないでくれよ！　ブレイクダンスじゃだめ？　それなら余裕で勝てるよ」

さっそく口喧嘩《くちげんか》を始めた隆義と衛太をよそに、陸がホールドしてくる。

「うるさい奴らは放っておいて、僕と踊ろうか」

「ちょっと！　抜け駆け禁止！」

口論しながらも三人は、初めて会ったときよりもずっと仲良くなったように見える。

だが、彼らのなかから、未紘が夫となる相手を選ばなければならない期日は近づいていた。いつまでもこうして過ごすことはできない。そのことが、ひどく淋《さび》しく思える。

――翌日、未紘が会社に向かうと、なぜかふたりの男性から遊びに誘《いざな》われた。恰好が変わっただけで、どうして声をかける気になるのか理解しがたい。未紘は丁重にお断りすると、自分の席に戻った。

「服装だけで、気が変わるものなの？」

つい愚痴るように呟《つぶや》くと、後輩の柴本が呆《あき》れたように声をかけてくる。

「えー⁉　もしかして、ご自分がどうして男の人に誘われるようになったのか、解らないんですか」

他に理由があるというのだろうか。未紘は首を傾げてしまう。

「男の人は、女の人の何十倍も妄想を膨らませて生きているんです。最近、先輩は急に表情が明るくなったから、笑顔を向けられたと思い込んで、自分に気があるんじゃないかって誤解したんです。綺麗《きれい》な恰好しただけでは、男の人はたいてい恋人ができたと考えて及び腰になるだけですよ」

笑いかけただけで、そんな誤解をするようなものなのだろうか。

「もちろんです。とくに川内先輩の笑顔なんて、滅多に見られませんでしたから」

言われてみれば、以前なら会社で誰かに笑いかけるようなことはなかった。男性ならなおさらだ。しかし今では、気軽に話をするぐらいのことはできるようになっていた。

すべて伊勢知の兄弟たちのお陰だ。

「笑顔を相手への媚《こび》だと思わずに、効率よく生きるための潤滑剤だと考えるべきです。課長たちみたいにお菓子で釣って評価をあげようとするのとは違って、お金もかかりません。でも、ひとつだけ忠告しますが、気を持たせるにしても、相手を見極めないとセクハラやパワハラの標的になりますから気をつけてくださいね」

自分が思っていたよりもずっと柴本は論理的な性格だったらしい。彼女の話には、目からうろこが落ちるばかりだ。

「それで……、前に会社に来ていた人たちと、進展はあったんですか？」

好奇心いっぱいの眼差《まなざ》しが向けられ、気がつくと耳を澄ましていた他の女性社員に取り囲まれてしまう。

まさか三人の男性から、強引に結婚相手を選ばされているとも言えず、未紘はオロオロとしていた。

＊＊　＊＊　＊＊

ある金曜の夕方。仕事を終えた未紘を、御曹司たちが会社の前で揃って出迎えて、伊勢知の邸《やしき》に連れ出した。長嗣が首相官邸で生活している今、伊勢知の邸は長く主人が不在のままだったらしい。

「ここに帰って来るの、何年ぶりかな。変わってないね……」

陸が感慨深げに呟く。彼は衛太と折り合いが悪く、兄弟たちのなかで一番早く邸を出たのだという。高校一年になる頃には、もうひとり暮らしをしていたらしい。

「オレも何年も帰って来てないな」

長男の隆義以外は、お盆もお正月も、親戚《しんせき》の集まりすらも拒絶していたのだという。

「私は所用のために来ることがあるが、長居はしない」

口々に呟く彼らの話に、未紘は淋しくなってしまう。明日《あした》にも必ず家族が生きている確約なんてない。そのことは誰よりも未紘が思い知っている。伊勢知の兄弟たちには、もっと家族を大切にして、後悔のないように日々を過ごして欲しかった。

「こんな素敵なおうちがあるんですから、皆さんまた一緒に住まれたらどうですか？」

未紘の言葉に、三人は困惑した様子でお互いの顔を見つめていた。

「その方が、きっと毎日楽しいですよ」

どれだけ望んでも家族と一緒には住めない未紘には、兄弟がふたりもいるなんて、とてもうらやましい話だ。

なんだか急に両親を思い出し、泣きたくなってしまって、未紘は目を逸《そ》らした。

ふと辺りを見渡すと、住む世界の差に圧倒されてしまう。

イギリスのマナーハウスを思わせるような邸だ。三階建で棟が五つあるらしい。外には、ここが東京であることを忘れそうなほど広大な緑の絨毯《じゅうたん》が広がっていた。

大理石でできた玄関ホールに、クリスタルの煌《きら》びやかなシャンデリア、さらには金彩の螺旋《らせん》階段やフラスコ画、雪花石膏《せっこう》の彫像に銀の甲冑《かっちゅう》まで飾られている。

「すごいお邸ですね……」

未紘が呆気《あっけ》にとられていると、衛太が声をかけてきた。

「中庭には薔薇《ばら》園と裏に温室があるよ。温水プールもあるから、明日一緒に遊ぼうね」

しかし、陸が未紘の肩を抱くようにして横から奪い取る。

「それより今夜、僕と一緒にジャグジーに入ろうか。ライトアップされた庭が一望できて綺麗だよ」

隆義はふたりの兄弟に嘲《あざけ》るような眼差しを向けた。

「まさか自分が選ばれるとでも思っているのか？　憐《あわ》れな奴らだな。……おい、未紘君、早くこちらに来い。食事の後で結果を聞かせてもらう。そのために呼んだのだからな」

どうやら三人は未紘の決断を待ちきれずに、呼び出したらしかった。しかし、未紘には彼らのうちのひとりを選ぶなんて、できそうにない。

ダイニングに通されて、衛太の作った夕食を振る舞われるが、最近の和やかだった空気とは違い、ぎくしゃくとした雰囲気だ。

──未紘の気持ちを告げれば、四人での食事も、これで最後になるだろう。

いつもおいしい衛太の料理を、気持ちが晴れないせいか、味わって食べられなかった。

応接間に座って、コーヒーを飲んでいると、おもむろに隆義が切り出してくる。

「本題に入らせてもらうが、お前は私たちのうちで誰を夫に選ぶんだ」

彼らは固唾《かたず》を呑《の》んで未紘を見つめていた。

ついに返答しなければならない時がきてしまった。

三人のなかで誰が一番好きかと尋ねられたら、同じぐらいとしか言いようがない。

最近では彼らと一緒にいると、ドキドキしてしまって、どうしていいか解らなくなるときがある。

それぞれに素敵な男性だと思うし、未紘のことを真剣に考えてくれていることは、今では理解している。だが、未紘は彼らに想ってもらえるほどの女性ではない。

今は物珍しさに好いてくれていても、いつかはその選択を後悔する日が必ずくる。

それに未紘が三人のうちの誰かを選ぶことで、せっかく仲良くなった彼らを、仲違《なかたが》いさせるようなことはしたくなかった。

──なによりも、この邸を見て確信した。

伊勢知の兄弟たちと、未紘は住む世界が違う。今にも倒れそうな木造アパートで生まれ育った未紘と、大豪邸に住む御曹司とでは、うまく行くはずがない。

きっと亡くなった母も、そう考えて長嗣を選ばなかったのかも知れない。

未紘はコーヒーカップをテーブルのソーサーに置くと、立ち上がり深く頭を下げる。

「……ごめんなさい……」

彼らのひとりを選ぶことはできないし、選ぶべきではない。全員のプロポーズを断ることが、一番正しい道だと思えた。

ゆっくりと頭をあげて、恐る恐る彼らを見る。三人は揃って放心していた。

「全員ダメってことは、もしかしてオレたちよりも気になる相手が出来たわけ？」

衛太が、普段とは違う低い声音で尋ねてくる。

「なんだと⁉　気になる男とは今日、休憩室でお前に告白してきた男か？　それとも資料の準備を邪魔しに会議室へ来た男なのか？」

苛立《いらだ》たしげに隆義も続けた。どうして同僚すらも知らないはずの話まで熟知しているのだろうか。

「いえ……、会社の方のお誘いは両方お断りしたので……」

声をかけられたことを知っているのなら、断ったことも解っているはずだ。

「じゃあどうして？　僕たちがそんなに嫌？」

陸に悲しい表情で尋ねられると、胸がひどく軋《きし》んだ。

「私は皆さんに相応《ふさわ》しくありませんから……。今だけの気の迷いで、もっと素敵な方が……すぐに現れますよ」

自分は不釣合いだと思い知ったはずなのに、彼らが他の誰かに愛を囁《ささや》く姿を想像するだけで、瞳《ひとみ》が潤んでしまいそうになる。身勝手な自分が嫌になった。

「ねえ、キミの言っているようなオレたちに相応しくて素敵な人ってどんな子？」

「……え？」

まさか尋ね返されるとは思ってもみなかった。未紘は目を丸くする。

「勝手に想像するに、お金持ちの出自で育ちがよくて優秀で綺麗《きれい》な女性ってことかな」

陸が考える素振りで首を傾げると、ふっと微笑む。言い当てられて未紘は困惑した。

「悪いが、そんな奴らは腐るほど周りにいる」

未紘には縁のない人たちにも、彼らは接する機会が多いらしい。

「……きっと私みたいな普通の女が珍しいから……、気になるだけで……」

「平凡な女なら、さらに大勢いるに決まっているだろう」

隆義は呆《あき》れ返っている様子だ。

「オレ、生まれて来てから今までで、本気で欲情したのは未紘にだけなんだけど。……親父だって五十六年間ずっと早苗さんしか目に入ってないし。この先も、こんなに好きな人になんて出会う可能性ないと思うよ？」

衛太は、立っている未紘の背後に回り込む。そのままギュッと腰を抱き寄せて、自分の膝《ひざ》のうえに座らせてしまった。未紘の匂いが好きだという彼は、自称勃起《ぼっき》不全（ED）気味だといっていたのに、硬くなった欲情の証《あかし》をグリグリと押しつけてくる。

「……お尻《しり》に……硬いの……当たって……、や……っ」

戦慄《せんりつ》に震えて訴えるが、しっかりと回された手を放してはもらえなかった。

「……僕も、未紘さんとなら……したい……」

愛《いと》おしげに見つめてくる陸は、未紘には触れられるようになったらしいが、女性恐怖症のはずだ。しかし、その眼差《まなざ》しには情欲の色が浮かんでいて、息を飲んでしまう。

「女など飽きて話すのも億劫《おっくう》だが、お前なら毎日望むだけ抱いてやってもいい」

続いて隆義がひどく愉《たの》しげに言ってのける。女性に飽きたのなら、どうして大してスタイルもよくない未紘に、そこまでしようとするのかさっぱり理解できない。

「……あの、……なにを……」

この状況はいったいなんなのだろうか。逃げ出そうと試みるが、彼らにはなにを言っても無駄だった。決死の覚悟で、他に好きな人がいると嘘を吐いてみても、すぐにばれてしまう。さらに、彼らに追い詰められることになった。

「ん？　オレたちがどれだけ好きか、解ってもらおうと思って」

未紘は彼らの結婚の申し込みを、断ると決めたのだ。お願いだから、これ以上はもう悩ませないで欲しかった。

「……放して……ください……」

瞳を潤ませながら、怯《おび》えた声で訴えた。だが、未紘を羽交い締めにしている衛太が、穏やかな声で拒絶する。

「だめだよ。オレたちがせっかく時間あげたのに、選ばなかったのはキミだよね。あげくに三人とも捨てようとするなんて、もう最悪」

逃げようと身体を揺する未紘の、柔らかな胸の膨らみが、いやらしい手つきで揉《も》まれ始める。

「ん……っ、……い……や、いやっ」

嫌がる声は、どこかねだるような艶《つや》を帯びていて、泣きたくなった。

違う。こんなこと望んでいない。淫《みだ》らなことなどしたくない。

「……無理です……、選べません……」

泣きそうになりながら懇願すると、陸が未紘の身体にそっと寄り添い、よしよしと頭を撫《な》でてくれる。慰めるような優しい手つきに、いっそう申し訳なさを覚えた。

「ひどい真似をしてごめんね。……僕のことを選んでくれるなら、今すぐにでも助けてあげられるんだけど。そうしなよ。大事にしてあげるから」

未紘が誰かひとりを選ぶ。そんなことをすれば、また兄弟たちは仲違いするのではないだろうか。それに、いくら考えても伊勢知家の花嫁になるには、未紘は不釣り合いだ。

そう思いながらも、頭を撫でられる心地よさに、心が揺らぎそうになった。

じっと陸を見つめる。すると、未紘にかしずくようにして、彼は手の甲に唇を押しつけてきた。

「え……あ、あの……っ」

少し冷たい唇の感触に、息を飲む。そのまま陸は濡《ぬ》れた舌を伸ばして、未紘の指をねっとりと舐《な》め上げてくる。

「僕、未紘さんの肌が堪《たま》らなく好きなんだ。この肌の感触、堪らないな。ゾクゾクする。身体中の隅々まで舐めてあげたくなるよ」

隆義は声に、衛太は匂いに反応しているようだが、どうやら陸は、肌に執着を持っていたらしい。毛穴に文句をつけていたのも、さらに自分好みの感触にしたかったからなのだろうか？　そんなことを考えていると、指の間まで熱い舌が這《は》わされ始めた。陸の舌がぬるぬると手の皮膚を辿《たど》るたびに、甘い痺《しび》れが身体の芯《しん》まで走り抜けていく。

「……やめ……、これ以上は……、心臓が……壊れそうで……」

未紘の手に舌を這わせる恍惚《こうこつ》とした表情に、息を飲む。そんな顔で触れないで欲しい。心臓が壊れそうになるぐらい高鳴るのをとめられない。

未紘が真っ赤になっていると、目の前にいる隆義の悲しげな表情が目に映る。

「……やだ……。未紘。オレ以外の男のものにならないで……」

そして背後から衛太が、胸を押しつぶされそうなほど切ない声で囁いてきた。

誰かを選ぶということは、他のふたりを傷つけるということ。せっかく仲良くなってきた兄弟に、ふたたび確執を持たせるということ。

「いや……。陸さん……。……は、放して……ください！」

やっぱりだめだ。選べない。それに彼らには慣れたつもりでいたが、やはり欲望を向けられると、恐ろしくてならなかった。

未紘がふたたび抗《あらが》いだすと、隆義がホッとした様子で鋭い声を投げかけてくる。

「嫌がっているのが見えないのか。もう放せ。……勝手に人の女を所有しようとするな」

隆義は、長く力強い指で、未紘の顔を強引に上向かせた。

「この私が結婚してやると言ってやったのに、袖《そで》にしようとするとはいい度胸だな。こうなったら無理にでも選ばせてやる。……私しかいないと、解らせてやる……」

隆義の纏《まと》っている甘く官能的な香りに、クラクラと眩暈《めまい》がした。逃げたい。もうここにいたくない。お願いだから、もう触れないで欲しかった。

分不相応に彼らに胸をときめかせていることを気づかれたくないのに。

「無理ですっ。ごめんなさい。……皆さんが悪いわけでは……」

焦りからつい早口になってしまっていた。未紘がおろおろとしていると、後ろの衛太が、鼻先を未紘のうなじに押しつけてきた。柔肌を掠《かす》める唇の感触がくすぐったい。

「聞こえなーい。だからやめないよ。……ふふっ。いい匂い。ぜんぶオレだけのものにしてあげる」

彼は深く息を吸い込み、未紘の肌の匂いを堪能《たんのう》すると、次第に息を乱し始める。熱い吐息が、それを生々しく伝えてきて、胸が苦しくなってしまう。

「いい匂いなんてしませんからっ。むしろ……汗ばんでいるぐらいで……、あの……は、放してくださいっ」

観念しようとしない未紘の、お尻の辺りに衛太が屹立《きつりつ》を押しつけてくる。

「ひ……っ！」

「オレ、キミの匂い嗅《か》いだだけで、勃《た》ってきちゃうんだよね。堪んないな。こんなにドキドキした気持ちで、好きな子を抱けたら、どれだけ気持ちいいんだろ……。初めてなんだよね。こういうの。すっごく楽しみ」

ガタガタと怯えながら、未紘は拒絶の声をあげる。

「……ん……ぅ……、き、気のせいですっ！　偶然です。……いや……、いやぁっ」

どうにかしなければ。解っているのに、焦れば焦るほど、頭のなかが真っ白になってしまっていた。

彼らはこのまま未紘をどうするつもりなのだろうか。いつもの喧嘩《けんか》をしながらも和やかな雰囲気とは違い、息苦しいほど淫靡《いんび》な空気が漂っている気がする。

助けを求めるような瞳《ひとみ》で、目の前の隆義を見つめると、彼の顔が驚くほど近くにあることに気づいた。隆義の呼吸は乱れていて、普段は怜悧《れいり》な眼差しに、情欲の色が滲《にじ》んでみえる。

だめだ。このままでは、本当にだめだ。頭の中に危険を知らせるように、耳の奥でドクドクとうるさいぐらいに血流が速まっていく。

「濡れた声で喘《あえ》がれたら、無理やりにでも抱きたくなるだろう。バカめ。私を煽《あお》っているのか」

隆義は低く掠れた声で囁《ささや》くと、未紘の唇を奪うようにして塞《ふさ》いだ。

「……んっ……、く……ふ……っ」

違う。未紘は誰も煽ってなんかいない。言い返したいのに、唇を塞がれていては、なにも伝えられない。

言葉を紡ごうとした唇の割れ目から、ヌチュリと隆義の熱い舌が口腔《こうこう》に入り込む。そのまま未紘の舌にぬるぬるといやらしく絡みついてきて、なんども執拗《しつよう》に擦《こす》りつけられていく。

「うわっ！　兄さんずるいっ！　オレも未紘とキスしたいのに」

背後から衛太の恨みがましげな声が聞こえてくる。だが隆義の口づけは止まらない。それどころか舌の動きは激しさを増していく。未紘は口腔中を艶《なま》めかしい動きで探られ続けていた。

「……ん、んぅ……っ。く……ぅん……っ。だ……め……っ、ふ……ん、ん……」

喘ぎ混じりの声で訴えても、無駄だ。

未紘が懸命に身を捩《よじ》って逃げようとすると、ギュッと手が摑《つか》まれた。

「……⁉」

瞳だけをそちらに向けると、陸が蕩《とろ》けてしまいそうなほど恍惚とした表情を浮かべて微笑んでくる。そして自分の頰を、未紘の手に摺《す》り寄せてきた。

「ひどいその男から助けてあげる。だから僕を選んで」

背後の衛太からは胸を揉みあげられ、正面からの隆義には唇を奪われ、陸に手を摑まれて舌を這わされたり頬擦りされたりして、誰も助けてはくれない状況だ。むしろ助けを求めた相手を、選んだことになってしまう。この場から逃れるためには、自分自身でなんとかするしかない。

「……選びますっ。……選びましたから、放してください」

泣きそうになりながら訴えると、兄弟たちは未紘に触れていた手を放して、真摯《しんし》な眼《まな》差《ざ》しを向けてくる。

「……じ、実は、私……。他に好きな人が……っ」

とっさに口を吐いて出た嘘に、部屋のなかがシンと静まり返った。むしろ室内温度が一気にさがったかのような緊張感が走る。

——しかし、これで諦《あきら》めてくれただろうか？

未紘が嘘を吐いたやましさに目を泳がせていると、隆義が唸《うな》るような低い声音で尋ねてくる。

「誰だ。……名前を言ってみろ。今すぐその男を社会的に抹殺してやる」

「え？　な、なにを……言ってるんですか？」

正面に立っている隆義を見上げると、彼はぎらついた双眸《そうぼう》で、見る者すべてが凍りつきそうなほど恐ろしい表情を浮かべていた。ゾッと血の気が引いていく。

未紘は失敗したのだ。そう気づいた。嘘など吐くべきではなかった。

「あははは、すっごくムカついた。ねぇねぇ、今すぐ犯して、その好きな男ってヤツに二度と顔向けできない身体にしていい？　いいよね」

普段は朗らかな衛太まで、子犬のように無邪気な声で、恐ろしいことを言い始める。

「……手に汗を掻《か》いてる。指先は震えているし、瞬《まばた》きの回数も急に多くなった。……嘘を吐いているんだと思うよ。未紘さんは……」

陸に図星を指摘され、未紘はギクリと身体が強張《こわば》ってしまう。たしかヘリの一件で、長嗣の罠《わな》を見破ったのも陸だ。彼は、一瞬にして人の嘘を見破ってしまうらしい。

「ふうん。……嘘なんだ？　そんなに逃げたかった？」

「そうか。私に嘘を吐くとはいい度胸だ」

話を聞いた隆義と衛太が口々に尋ねてくる。ビクビクとしながら見上げると隆義は口角をあげているだけで、瞳はまったく笑っていない。怒鳴られたり凄《すご》まれたりするよりずっと恐ろしかった。

「う、う、嘘なんて私……」

「未紘。本当に好きな相手がいるなら、どこで出会った相手で、何歳で、どういう職業に就いていて、住んでいる場所はどこなのか……ぐらいのことは、オレたちにすぐに答えられるよね」

身近な人との出会いをもっともらしく語ればよかったのだ。それなのに、嘘を吐きなれていない未紘は、あわあわと挙動不審になってしまう。

「『嘘なんて私』の続きは『吐いています』でいいのかな？」

陸が、首を傾げて尋ねてくる。

「い、いえ……、違っ……」

未紘が言い逃れをしようとしている間にも、兄弟たちは無言で着ている服に手をかけてきた。袷《あわせ》が逆の女ものだというのに、彼らは器用にブラウスのボタンやスカートのホックを外し始める。

「あ、あの……っ。な、な、なにをなさっているんですかっ」

このままでは肌がすべて見えてしまう。彼らの前で、裸を晒《さら》すことになる。だが、三人の男に囲まれて、逃れるすべなどない。

「嘘を吐いた仕置きだ。……身体の相性で決めさせてやる。誰を夫にするのかを私たちに抱かれながら選ぶがいい」

まさか、とは思っていた。だが、本気で彼らは、三人がかりで未紘を抱こうとしているらしい。

「……む、無茶苦茶ですっ、そんなこと……許されるはずが……」

狼狽《ろうばい》する未紘のスカートが引きずりおろされると、むっちりとした色白の太腿《ふともも》と、薄ベージュ色をしたショーツが露《あら》わになる。

「相変わらず色気のない下着だな」

隆義が以前、未紘をホテルで無理やり抱こうとした日も、あまり色気のない下着をつけていた。どうやらそのことを覚えられていたらしい。ただでさえ下着を見られて恥ずかしくて堪《たま》らなかった未紘は、頭のなかまで沸騰してしまいそうになる。

「もっとかわいいヤツ、好きなだけ買ってあげるから、今穿《は》いているの汚していい？」

見ないで欲しい。それよりももっと、触れないで欲しい。

「……汚さ……ないで……っ、だ、だめっ……」

潤んだ瞳で懸命に拒絶する。だが、陸が未紘の前に跪《ひざまず》いて、ショーツの薄い布地のうえから、媚肉《びにく》の割れ目を擦りつけ始める。優しく指先で擽《くすぐ》られるたびに、息を飲む。

「だめって言ってるけど、……もう濡《ぬ》れてるみたいだね？」

卑猥《ひわい》な蜜《みつ》が、ショーツの奥から滲み出していた。恥ずかしさに顔から火を噴きそうになる。三人がかりで身体中を弄《いじ》られたせいで、熱く高ぶってしまっていた。

冷静なふりをして取り繕おうとしても、身体までは嘘を吐けなかったらしい。

「……し、知りません……」

それでも未紘が悲痛な表情で首を横に振ると、背後から愉《たの》しげな声が聞こえた。

「オレたちに抱かれるって思っただけで興奮したんだ？　やらしーの、未紘」

衛太はねっとりとした熱い舌で、未紘の首筋をゾロリと舐《な》め上げる。そして、太腿やショーツ越しのお尻《しり》を撫《な》で回し始めた。

「……ぅ……、く……んぅ……っ」

衛太の艶めかしい手つきに唇を震わせていると、反対側の足の内腿に隆義が指を這《は》わせてくる。柔肉の感触を愉しむように弄られ、ショーツのゴムのラインを辿《たど》られると、ひどく心臓がざわめいた。

「おい。誰から抱いて欲しいんだ？　当然、私だろう？　そこの童貞もお前の後ろの盛《さか》ったガキも話にならんからな」

隆義は側面から未紘の片足を抱え込み、内腿に唇を寄せて、見せつけるように吸い上げてくる。柔らかな部分が、啄《ついば》まれるたびに微《かす》かな痛みが走り、赤い痕《あと》が散っていく。

「お兄さんと衛太は、後にして。他の女でも満足できていた穢《けが》れたペニスなんて、未紘さんの大切な処女をもらう資格ないと思うけど？　僕しかいないよね」

陸は誰もが見惚《みと》れるような美しい微笑みを浮かべて、卑猥な宣言をした。

「ちょっと弟に対して、ひっどい言い方。まるでオレのペニスが汚いみたいに言わないでくれる？　だいたい処女と童貞でセックスなんかしたら、大惨事だよ。未紘にトラウマ作りたいの。その点、僕はちゃんと気持ちよくしてあげられるよ」

衛太は背後から、乱されたブラウスの狭間《はざま》から覗《のぞ》くブラを押し上げた。そして、柔らかな膨らみを露わにしてしまう。

ツンとはしたなく尖《とが》った薄赤い突起が彼らの視界に晒《さら》され、未紘は卒倒しそうになる。

「い、いや……、……見えて、見えてしまいます……。……て、手を放してくださいっ」

どれだけ訴えても、聞き入れられるわけもない。

「ブラ越しにずっと触っていたから、もうここ硬くなってるね。舐めてあげようか」

衛太の片方の左手が、未紘の乳首の側面を指の腹で押しつぶすようにして、擦《こす》りあげるたびに、じわじわと甘い疼《うず》きが湧き上がってくる。

未紘は身体を苛《さいな》む快感に息を乱しそうになりながらも、衛太の問いかけを断ろうとした。「やめて欲しい」と唇を開きかけたとき、いきなり右脇から陸が、未紘の乳房に顔を埋《うず》めてくる。

「ん……。……僕が……気持ちよくしてあげる」

生暖かい感触が乳輪ごと乳首を包み込み、ぬるりとした熱い舌が押しつけられた。

未紘の感じやすい胸の突起が、陸の蠢《うごめ》く舌によって、乳房の奥に押し込まれたり、舐め上げられたり、舐めおろされたりを繰り返す。

「……は……っ、ん……、んぅ……っ。や……、舐めな……で……ぇ……」

唾液《だえき》に塗《まみ》れた乳首がちゅっと吸い上げられ、恥ずかしさに息を飲んだ。ぬるぬると蠢く舌の動きに合わせて、乳首がいやらしく嬲《なぶ》られていく。

「陸兄さんずるい！」

衛太が批難すると、陸は勝ち誇った表情で、こちらを見上げてくる。

「……未紘さんの乳首、おいしい。……肌も好きだけど、……ここもいいね。舌のうえを擦れる感触が気持ちよくて、ずっとこうしていたくなるよ」

薄赤い突起をチュクチュクと口腔《こうこう》で扱《しご》き上げられると、艶《なま》めかしい疼きに身震いが走る。その間にも、隆義が未紘の内腿を吸い上げながら、左脇から手を伸ばしてきた。

じっとりと濡れた秘部を、ショーツ越しにクリクリと擦りつけられていく。

「はぁ……、は……ふ……っ、は、放し……はぁ……」

秘裂のある媚肉を手で包み込み、一番長い指を薄い布地ごと食い込ませられた。そのまま、なんども擦りつけられるたびに、身体が熱くなって、息が乱れてしまう。

「気持ちよさそうに喘《あえ》ぐじゃないか。……それに処女の濡れ方じゃないな。……男嫌いと言いながらも、身体は欲求不満で抱かれたくて堪らなかったんだろう」

違う。そんなはずはない。乱れてしまうのは、彼らがいやらしく触れてくるからだ。未紘の身体が、淫《みだ》らなせいではない。

「やぁ……っ。ん、ん、んぅ。ち、違い……ます……っ」

未紘は、ふるふると首を振るが、彼らは行為をやめてくれない。

衛太が背後からブラウスをたくし上げ、無防備な背中や首筋に、舌を這わしてくる。

「う……んっ、くすぐった……、や、やめ……っ、く……んぅっ！」

ぶるりと身震いすると、乳首を舐めている陸に自ら乳房を押しつけ、秘裂を擽っている隆義の目前で、欲しがるように腰を揺らす恰好《かっこう》になっていた。

「もっと舐めて欲しくておねだりしてるの？　いいよ。未紘さんが求めてくれるだけ、なんどでもしてあげる」

「まったく。……いやらしい奴だな。自分から腰を振ってくるなんて。処女のくせに淫《いん》乱《らん》の素質でもあるのか」

欲しがっているわけではない。未紘はただ、手を放して欲しいだけだ。

「ご……誤解……です……、わ、私は……」

未紘が否定しようとしたときだった。隆義が濡れて陰部に張りついたショーツの中心の布地をずらして、秘裂を剝《む》きだしにしてしまう。ムワッと噎《む》せ返るような蜜の匂いが漂って、未紘は恥ずかしさに泣きそうになる。

「……や……っ」

駆け出して逃げ出そうとしても、誰の手も振りほどくことはできない。

「すごく恥ずかしい匂いがする。ここまで漂ってるよ。……未紘。僕からは見えないけど、そこをどれだけ濡らしてるの？」

衛太は掠《かす》れた声で囁《ささや》くと、赤くなった未紘の耳殻を唇で咥《くわ》え込み、チュッと吸い上げてくる。彼の息遣いや粘着質の水音が耳に届くと、いっそう鼓動が速まる。

「う……ぅ……、ち、違……っ、こ、これは……あの……、あの……」

心臓のうえにある胸を、陸に執拗《しつよう》に舐めしゃぶられていた。きっと彼には、壊れそうに速まった心音を聞かれているに違いなかった。

熱を、冷ましたい。身体の疼きを、鎮めたい。淫らな匂いを、消してしまいたい。いやらしい水音から、耳を塞《ふさ》いでしまいたい。自分は乱れてなどいない。弄《まさぐ》られて少し反応してしまっただけだ。すぐに熱は治められるはず。きっと。きっと——。

懸命に自分に言い聞かせる。だが、なにもかも思うようにならない。それどころか、彼らに触れられるたびに、いっそう身体が高揚していくのをとめられなかった。

「かわいーの。どんな場所の匂いでも、未紘のだと思うと、興奮しちゃうよ」

衛太の尖らせた舌が、ねっとりと耳孔の奥を這い始める。狭い耳孔を抉《えぐ》られるたびに、未紘は感じいってしまって、衝動的にビクンビクンと身体が跳ねていた。

「……あ、あ……、舌……抜い……ンンッ！」

同時に濡れそぼった蜜口に、隆義が指を押し込んできた。柔らかな粘膜を内側から擦りつけられる感触に、未紘は身体を萎縮《いしゅく》させてしまう。

「クリストスが赤く膨れてるぞ。お前が欲情している証拠だ」

どうしてそんな部分が硬くなるのか、未紘には理解できない。

「……え？　あ、あの……」

狼狽《ろうばい》する未紘の耳裏を舐めながら、衛太が愉しげに尋ねてくる。

「未紘は処女なだけじゃなくて、自分で弄ったこともないんだ？　エッチなことに、興味なかった？　親父のせいで、今まではそういうことを考えるのも嫌だったのかな？　ごめんね。お詫《わ》びにオレがなんでもぜーんぶ教えてあげる。女の子も興奮すると、小さくてかわいいのが勃《た》つんだよ。つまり未紘はオレたちに触られて、感じてるってこと」

未紘は興奮なんてしていない。だから、なにも勃ってなどいないはずだ。

「し、……知りません……」

頬の熱さに、涙が滲《にじ》んでくる。髪を乱しながら首を振ると、隆義がじっとりと濡《ぬ》れた未紘の秘裂を開いて肉芽を露《あら》わにしてしまう。

長く濡れた熱い舌が伸ばされ、硬く尖った肉粒を、ねっとりと舐め上げられた。包皮が剝かれ、暴かれた芯《しん》がヌルヌルとした熱い舌で、なんども抉られていく。すると、どうしようもなく甘い痺《しび》れが下肢から迫《せ》り上がり、未紘は腰を浮かせそうになる。

「……く……っん……っ、んんっ」

隆義は蜜口に指を押し入れたまま、肉びらごと花芯を唇で咥え込む。そのまま唾液に濡れた口蓋《こうがい》と舌で、扱くようにしてしゃぶりついてきた。隆義の蠢く舌先が、敏感な部分を擦るたびに、得も言われぬ痺れが身体を走り抜けていく。

「んぅ……、ぅ……、は……ぅ……ンッ……」

隆義の舌の動きに合わせて、堪《こら》えきれず声をあげそうになった。無理やり堪えようとすると、鼻先から熱い息が洩《も》れて、苦しさに眩暈《めまい》がした

「私が舌で触れている、ここのことだ。さすがにわかるだろう」

舌先で淫らに膨らんだ部分を教え込まれ、未紘は羞恥《しゅうち》に言葉を返すこともできず、ガタガタと震えていた。

恥ずかしくて、今すぐ消えてしまいたい。それなのに、三人の視線はすべて未紘にむけられていて、なにもかもが見られてしまっていた。

「隆義兄さんの舌で、気持ちよくなっちゃった？　肌が汗ばんで、愛液も溢《あふ》れて……、ますますエッチな匂いが強くなったね」

衛太は情欲に濡れた声音で、熱い吐息とともに囁いた。そして、夢中になって、未紘

の首筋や耳の後ろや耳殻、頬やうなじをなんども吸い上げてくる。

「抱きたいな……。未紘さんの熱く濡れてるところ、ぜんぶ僕で塞いでもいい？」

すでに隆義の指が入りこんだまま粘膜の狭間《はざま》に陸が手を伸ばして、もう一本指を挿入してきた。男の指が二本に増えると、いっそう異物感が大きくなり、怖くなる。

「……ンンッ、……あ、あっ！　ゆ、……指……、抜……ぃ」

濡襞《ぬれひだ》が、ふたりの男の手によって、グッと左右に開かれると、ヒクついた襞が空気に晒《さら》されてブルリと身震いが走る。

「い、……や……やぁ……っ、しな……ぃで……」

腰を揺らして彼らの指から逃れようとすると、さらに奥深くまで抉られ、そのままグチュヌチュと掻《か》き回され始めてしまう。そこに背後から手を回してきた衛太の指まで、挿《はい》り込み、ついには三本の指で押し開かれていく。

「……痛っ……っ、拡げ……な……でぇ……、や、やぁ……く……ンンッ」

三人がかりで淫らに震える粘膜が掻き回され、未紘は泣きそうになりながら、懇願する。だが、指を抜いてはもらえなかった。喘ぐ声に誘《いざな》われるように、さらにいやらしく三人がかりで指を抽送されていった。

「……未紘のなか、熱くて……ヌルヌルしてて気持ちいい。……早く抱きたくて堪《たま》んない……。でも、実際問題、誰から未紘を抱くかだけど。まあ、隆義兄さんは却下だよね。熱海の別荘の温泉で見たけど、アレは処女を抱くには凶悪すぎるし」

「確かにあんなものを、いきなり挿《い》れられたら二度とセックスできないぐらいに、トラウマになるね」

「……ちっ！」

どうやら三人は、あの日、揃って温泉に入っていたらしい。いがみ合っていた彼らが仲良くなったことは喜ばしいが、未紘には笑えない事態だ。

「その論点で言うなら、陸が先になるだろう」

「ええ⁉ オレが先にやりたかったのに！……でもそうだよねぇ、アレなら慣らすのに、ちょうどいいだろうし」

しぶしぶ衛太が了承すると、陸が不思議そうに首を傾げる。

「いいの？……僕から抱いても。男に二言はないね？」

彼らは押し開いていた未紘の膣口《ちつこう》から各々濡れそぼった指を引き抜いていく。

「……だってしょうがないだろ……。未紘のためだし……。あとでもっとオレので拡げてあげればいいんだから、いいよ」

「うるさい。早く済ませろ」

苛立《いらだ》たしげに隆義も了承すると、陸はスラックスのホックを外し、ファスナーをおろした。そして硬く隆起した肉棒を覆うボクサーパンツを露わにした。布地についていた先走りの染みが、彼がずっと欲望を堪えていたことを窺《うかが》わせる。そうして、ボクサーパンツのゴムを引いて、肉茎が露わになると、隆義と衛太は目を瞠《みは》った。

「なにそれ……、信じらんないんだけど……」

呆然《ぼうぜん》とした声で、衛太が呟《つぶや》く。

「お父さんが、男は膨張率と硬さが命だって言ってたよ。なにか問題ある？」

「自覚があるなら身を引け。そんなブツではお前が最初にする意味がないだろう」

隆義も苛々とした様子だった。未紘は向かいに立った陸の方に顔を向けることができずに、逃げようとしていた。しかし、彼らは呆気《あっけ》にとられながらも手を離してくれない。

「男に二言はないんだよね？　ごめんね。未紘さんは先にいただくから。でも、最初から男を三人も相手にさせていたら、嫌われてしまいそうだから……。これ、使わせてね」

そう言って陸はテーブルの陰に隠してあったローションを取り出した。

「いつの間にそんなものを用意したんだ？」

「ええ!?……まさか、三人でこうなることを見越してたわけ？　なんだか最低」

隆義と衛太が口々に罵倒《ばとう》するのを、陸が薄い笑みで返す。

「だって未紘さんは優しい人だから、きっと選ぶことなんてできないだろうと思って。……それに、僕は初めてだから、うまくできるように色々、下調べをしておいたんだ」

陸は当たり前のように言うと、ローションのキャップをとって、たっぷりと手に取り、未紘の膣口に注ぎ込んできた。すると、林檎《りんご》に似たカモミールの香りが鼻孔を擽《くすぐ》る。

「……や、……やぁ……、ぬるぬるして……」

初めはひやりとしたが、なぜか次第に塗られた部分が熱くなってくる。

「ちょっとだけいやらしくなる成分が入ってるよ。あと、リラックスできる香りにしてみたんだ。ラウンジで飲んでいたハーブティーの香りだから、嫌いじゃないよね？　もっと他にもリクエストしてくれたら、未紘さんの好みのものを作らせるから遠慮なく言ってね」

どうやら陸の会社にはこんなものまで、作っている部署があるらしい。

それにしても、いやらしい行為などしたくない未紘にリクエストなどあるわけがない。変なことを尋ねないで欲しかった。

「……い、いらな……ぃ……ですっ、……や……、つけないで……」

グチュグチュに濡らされた陰部がひどく熱くて、未紘が泣きそうになっていると、陸が膨れ上がった切っ先を蜜口《みつぐち》へとあてがってくる。

「陸さん……、や……、やめて……ください……、こんなの……私……」

「このふたりよりも、僕を選んでくれるなら、今はやめてあげるよ？」

未紘は彼らのうちひとりを選ぶことなんてできない。だから、三人のプロポーズを断るしかなかったのだ。お願いだから、そんな交換条件を飲まなければ、行為をやめないなんて、言わないで欲しかった。

「……だ、だめ……です……。選ぶなんて……」

お尻《しり》に食い込む恰好《かっこう》で脇にずらされていたショーツが、剝《は》ぎ取られてしまう。

「あっ……。いや、……、脱がさな……で……っ、返して……ください……」

「ごめんね。ここで僕を選んでくれないなら、やめてあげられない」

陸の腕が未紘の足をさらに開かせ、蛙のような恰好で、胸の方にグッと押しつけられる。濡れそぼった粘膜が硬い切っ先に押し開かれていく。

「あっ、だ、だめっ、だめ……っ！　挿《い》れな……ひっ、……んんぅっ、……く……っ」

まだ男を受け入れたことのなかった処女肉がメリメリと押し開かれ、襞が引き伸ばされていく。焼けた楔《くさび》に串刺《くしざ》しにされるような痛みに、未紘の眦《まなじり》から透明な涙が零《こぼ》れ落ちていった。だが、温感ローションでたっぷりと濡らされているせいか、肉棒はぐっと奥深くへと穿《うが》たれてしまう。

「……ん、んぅ……っ、は……ぁ……っ、はぁ……」

強張《こわば》った足がガクガクと引き攣《つ》る。赤く震える唇を開くと、痛みに痙攣《けいれん》した舌の付け根から唾液《だえき》が溢れた。

「未紘。大丈夫？」

未紘の頤《あご》を摑《つか》んで衛太は顔を横に向けさせた。背後から覗《のぞ》き込んできた彼に唇が奪われる。塞《ふさ》がれた唇の隙間から、長い舌が伸びてきて、未紘の口腔《こうこう》が探られていく。

「無……理ぃ……で……、抜……い、……ん、んぅ……ンン……ふ……ぅ」

クチュヌチュと舌を掻き回され、痛みを訴える言葉を紡ぐことができない。

狭隘《きょうあい》な膣洞が、陸の脈動する剛直に押し開かれる感触と疼痛《とうつう》に、衣服を乱された身体が苦しげにのた打つ。

「力を抜け……、ほら」

そう言って今度は隆義が、未紘の乳首にしゃぶりついてくる。陸がしていたのとは、まったく違う感触だ。なんどもなんども感じやすい乳首を甘噛《あまが》みされ、ジクジクと痛む部分をぬるついた舌先で優しく舐《な》め上げられたり、くすぐられたりしていく。

「……ん、んぅ……っ」

未紘がぶるりと身を震わせると、背後から陸との接合部分に手が這《は》わされた。初めて肉棒を咥《くわ》えこまされた膣肉が疼痛に震えながら、淫《みだ》らに収斂《しゅうれん》する。

「ギチギチだね。……きゅんきゅんしてる。ああもう！　オレも早く挿れたいな……」

強引に押し開かれた陰唇や、肉びら、そして硬く凝った肉芽をクリクリと指先で弄《まさぐ》られると、未紘は堪えきれず背中を仰《の》け反らせてしまう。

「……ふ……、ぁん、んぅ……はぁ……はぁ……」

鋭敏な部分を同時に嬲《なぶ》られる感触に、身体が萎縮して、処女肉がいっそう脈動する雄を咥え込んでしまっていた。ずっぽりと埋《うず》められた剛直の感触に、胴震いが走る。

陸は自らの欲求を満たすために、抽送しようとはしなかった。未紘の熱く震える濡襞《ぬれひだ》の感触を愉《たの》しむように、ゆっくりと奥底を抉《えぐ》るばかりだ。

「未紘さんを泣かしたくないから、無理やり揺さぶったり突き上げたりしない。安心して。……ゆっくり僕のペニスになじませてあげる」

ローションでドロドロにされた内壁から、肉棒がズルリと抜かれる感触に、身体が総毛立つ。そしてゆるゆると押し込まれていく。蠢動《しゅんどう》する襞が、物欲しげにうねる。

「あ、……んぁ……、あ、……あぁっ！」

思わず漏らした嬌声《きょうせい》が霞《かす》んだように耳に届く。他人のものにしか聞こえない媚声《びせい》だ。

そのことがいっそう恥ずかしくて仕方がなかった。淫らな喘《あえ》ぎ声を、隆義や、陸や、衛太の三人にまで聞かれているのだと思うと、余計に顔が熱くなってしまう。

「……いや……変な声……、でちゃ……、……き、聞かないで……くださ……」

涙ながらに訴えると、彼らが額や耳、そして首筋などに各々口づけてくる。

「変じゃないよ。オレも早く抱きたくて堪《たま》らなくなっちゃうぐらい、すごくかわいい」

「なにもおかしくない。……その声を聞いていると、もっと喘がして、滅茶苦茶に犯したくなるだけだ」

未紘の足を抱え直して、腰を押し回しながら、陸が唇を求めてくる。彼の吐息が熱くて。柔らかな唇の感触がくすぐったくて。いっそう息が乱れてしまう。

「ずっとこうしていたい。……なか、熱くて蕩《とろ》けそう……」

疼痛にうねる狭隘な肉洞をグプニュチュと掻《か》き回し、太い肉竿《にくざお》の根元で震える淫唇《いんしん》を擦《こす》りつけられていく。

「ん、んぅ……っ！」

最奥を抉られるたびに、抱えられた足の爪先がキュッと引き攣る。あまい疼《うず》きが身体《じ》の芯《しん》から湧き上がるのに、追い立てられてはそっと熱を引き抜かれ、ひどく身体が焦れてしまう。汗ばんだ未紘の額に、陸はチュッと口づける。

「なか、馴染《なじ》んできた？　じゃあ、……僕はおしまい。痛いことしてごめんね？」

未紘の身体を押し開いていた陸の肉棒が、ズルリと引き抜かれた。とつぜん膣洞《ちつどう》を押し開いていた熱が失われると、襞が物欲しげにヒクヒクと震えてしまう。

「それだけで、本当にいいのか？」

「マジで？　信じらんない。よくそんな状態でやめられるね。オレだったら、ぜったいに無理だよ」

隆義と衛太が呆気にとられながら尋ねると、陸は頬を紅潮させながら息を整え、言い返す。

「未紘さんの辛《つら》い顔なんてみたくないから、僕はこれでいいよ。処女をもらえただけで充分幸せだし」

先ほどまで押し開かれていた膣洞が、ツキツキと痛む。それなのに、満たされない身体がジンジンと疼いて、苦しくて堪らない。未紘が息を乱していると、衛太に抱えられていた身体が、ソファーにうつ伏せに押しつけられる。

「オレは、陸兄さんみたいな真似なんて無理。いっぱい突いて、なかで出しちゃうな」

なにも穿《は》いていないお尻を突き出すような恰好にされたことに気づき、未紘は腹部までたくし上げられたスカートをおろそうとした。だが、頭のうえと背後から、ベルトのバックルを外すような金属音が聞こえて、目を瞠《みは》った。

「オレの番だよ。未紘。……大好き。いっぱい気持ちよくしてあげる」

そう言いながら、衛太は先ほど陸が用意していたローションを自分の肉茎にたっぷりと塗りつけて、硬い切っ先を淫唇へと押しつけてくる。

「衛太の次は私だ。……今から舌で濡《ぬ》らして準備しておけ」

目の前に赤黒く長大な肉棒が晒《さら》され、未紘が息を飲む。陸と衛太が処女には受け入れ難いと言っていた通り、隆義の雄は巨大な凶器のようだった。こんな恐ろしいものを舐めるなんてできない。

未紘がふるふると首を横に振って拒んでいると、背後から腰が掴まれて、啓太の脈動する肉棒が未紘の膣孔へ穿たれていく。

「んぅ……っ！　んんぅ……」

衛太は予告したように容赦がなかった。雄を受け入れたばかりの処女肉の隘路《あいろ》を押し開き、嵩《かさ》高い亀頭《きとう》の括《くび》れで、ズチュヌチュと濡襞を擦りつけてくる。

「……ひ……ぁ……っ」

仰け反った顔を隆義が掴んで、唇の間に指を押し込んできた。震える舌を指の腹で擦りつけ、強引にしゃぶらせていく。

「ほら。……こうして舐めるんだ。場所が違うだけだ。怯《おび》えるな」

無理だと言い返そうとしたとき、背後から突き上げてくる衛太の律動が激しくなる。

「ん、んぅ……っ、や……っ、そんなに……、んぅ……突いちゃ……や……んんっ」

腰を激しく打ち付ける破裂音が部屋に響く。硬く膨れ上がった切っ先が、子宮口をグリグリと擦りつけ、太い幹で震える淫唇を押し開いていく。

「……はぁ……っ、あ、あっ」

優しい陸の抱き方とは、まるで違う。奪い尽くされそうなほど激しい抽送だった。

ソファーに手をつきながら、未紘がガクガクと震えていると、口から指が引き抜かれた。そして開いたままの唇の間に、張り上がった亀頭が咥え込まされてしまう。

「ん、んぅ……！」

先端に滲《にじ》んだ先走りの苦みが口腔に広がると、舌の付け根から唾液が溢《あふ》れてくる。

ぬるついた粘膜を愉しむように、隆義は強引に肉棒を突き上げ始めた。

「……亀頭の根元を舐めるんだ。……括れのところ……解るだろう？」

そんなことを言われても、背後から肉棒を突き上げられ、無理やり口のなかまで咥えさせられた状態で、考える余裕などなかった。

「……ふ……、ん、んぅ……っ」

膨れ上がった剛直を、無理やり喉《のど》奥まで突き上げられ、噎《む》せ込みそうになる。大きく開かれた顎《あご》が軋《きし》むが、逃げることはできなかった。

膣洞と口腔に咥えこまされた肉棒が、なんども突き上げられていく。亀頭の括れまで引き摺《ず》り出され、粘膜を擦りつけながら、最奥を抉られる。なんどもなんども繰り返されるたびに、じわじわと熱が昂《たか》ぶってくる。

熱く火照《ほて》った身体から、汗が滲み出して珠《たま》を結んでいた。犬のように這わされた足と腕がガクガクと震える。

今にも倒れ込みそうになっている未紘に、陸が寄り添って来て、背中の方から掬《すく》い上げられるようにして胸が摑《つか》まれた。

「大丈夫？……ここ、淋《さび》しそうだからかわいがってあげる」

これ以上、乱されたくない。だが、口を塞がれているため、訴えることができない。

「んぅ……、ん、んぅ……んっ」

いやらしく乳房を揉《も》み上げられながら、指の間に挟む恰好《かっこう》で乳首が抓《つま》まれた。扱《しご》き上げるように擦りつけられると、肉棒に突き上げられている膣肉がうねってしまう。

「……んぅ……っ、んぅ……」

陸が汗ばんだ背中をねっとりと舐め上げてくる。そのまま未紘の身体を固定する恰好で、ソファーについていた片手が摑まれた。

「ねえ、未紘さん。……僕のことも指で気持ちよくして」

吐精前に蜜口《みつぐち》から引き抜かれ、熱く怒張したままの陸の肉棒に、強引に指が絡まされる。初めて指に触れた熱さに、身体が震えた。柔く指が握り込まれ、包皮ごと脈動する肉棒を擦らされていく。ローションのぬめりを借りて未紘の指が滑るたびに、陸の呼吸が乱れていた。

「未紘さん……、すごく……いいよ」

口には肉棒を咥《くわ》えこまされ、膣肉を突き上げられ、手で扱かされていく。つい先ほどまで男を知らなかった身体が、男の欲望に囲まれているなんて、信じられない。

だが、与えられる熱と脈動、そして欲情した雄の匂いが、すべて現実だと生々しく伝えてくる。

「すごい。オレ、こんなにいいの……初めて……かも。……も、出ちゃいそう……」

ぶるりと身震いしながら、衛太は感極まったような喘ぎを漏らす。

激しく抽送されるたびに、張り上がった亀頭の括れが、蜜とローションの混じり合った粘液を掻き出していた。接合部分から泡立った粘液が掻き出されると、林檎《りんご》のような甘い匂いが強くなる。

「とっとといけ、この早漏が」

嘲《あざけ》るように隆義が罵倒《ばとう》すると、衛太がムッとして言い返す。

「普段は、なかなか勃《た》たないし、イケないぐらいなんだよ！　困ってたのに……。でも、未紘はダメ。……もう、おかしくなっちゃいそう……ん……っ。……ねえ、未紘。出していい？　オレ、……我慢できない……っ」

衛太は避妊具もつけずに、挿入しているはずだ。このままなかで出されては、大変なことになってしまうかもしれない。

「……ん、んぅ……っ、ん……んんぅ……」

未紘はダメだと訴えようとしたが、口を塞《ふさ》がれているため声にならない。せめて顔を横に振ろうとするが、隆義の肉棒を舌で擦る結果にしかならない。

「ん、ンンッ！」

身体を強張《こわば》らせれば、強張らせるほど、激しく突き上げてくる肉茎を強く締めつけてしまっていた。未紘は穿《うが》たれた肉棒から逃げようとするが、腰を抱えられていっそう深く肉棒を突き上げられてしまう。快感に膨らんだ膣肉が衛太の肉棒を咥えこみ、彼の雄の形を生々しく伝えてくる。

「……未紘。……すごい……。どうしたの締めつけが強くなったよ。出していいってこと？　ぜんぶ、いい？　いいよね……っ」

ゴリゴリと子宮口を抉られると、圧迫感と熱量と疼痛《とうつう》に眩暈《めまい》がした。そうして、ついに熱く震えた襞《ひだ》の奥底に、ビュクビュクと熱い飛沫《しぶき》が注ぎ込まれていく。同時に、手のなかで熱く脈動していた陸の怒張が、熱を弾《はじ》かせていた。

「く……っ、んんぅ……！」

濃密で青臭い匂いが部屋に充満していく。

「……ふぅ……、ん、……ふ……、んんぅ……っ」

衛太がぶるりと胴振いするのが伝わってきた。そのままグッと腰を押し回し、残滓《ざんし》まで注ぎ込んでくる。吐精を終えて萎《な》えた肉棒を引き摺り出される排泄《はいせつ》感に、ゾクリと肌が総毛立つ。たっぷりと内壁に注がれた白濁が、ヒクついた陰唇の狭間《はざま》からグプリと溢れる。未紘はどうしていいか解らずに、泣きそうになってしまう。

「次は私だな」

吐精された衝撃も癒《い》えないうちに、隆義は未紘の口から肉棒を引き摺り出す。

「あ……、ど、どうしたら……、わ、私……あ、あ……、なかに……、いっぱい……」

隆義はソファーに悠然と腰かけると、向かいあわせになる恰好で、未紘の身体を自分の膝《ひざ》のうえに座らせた。開いた足の中心にある恥毛の奥から、トロリとした白濁が溢れてくる。

「……いや、いや……ね、もう、……もう、無理です……っ、それも……こんな、大きいの……入るわけが……」

ツキツキと疼痛を走らせる肉襞《にくひだ》に、恐ろしいほど膨れ上がった怒張が押し当てられた。

「子供が生まれる場所だ。これぐらい問題ない」

こんな恐ろしい肉棒を挿入されたら、ぜったいに壊れてしまう。未紘が首を振って、無理だと懇願しようとする。だが、隆義は許してはくれなかった。彼は赤黒く脈動する肉棒をあてがい、そのまま未紘に腰を落とさせた。

「あ、あぁ……うっ！」

先ほどまでよりもさらに大きく隘路《あいろ》が押し広げられる。震える肉壁の襞が、強引に引き伸ばされ、未紘は背中を弓なりに仰《の》け反らせた。

力強く下から突き上げられ、子宮口を抉《えぐ》るほど肉棒に埋め尽くされるが、大きすぎて、すべてを受け入れることはできない。

逃げようとする腰が抱え込まれ、最奥をゴリゴリと擦《こす》りつけられた。

「……壊れ……、壊れちゃ……っ、ん、んぅ……っ」

みっちりと肉洞を埋め尽くす充溢《じゅういつ》感に、クラクラと眩暈がする。

「グリグリしな……で……、う……ん、ンンく……、はぁ……、はぁ……」

子供のようにしゃくり上げる未紘の背中から、陸が胸の膨らみを掬い上げ、チュッチュッと首筋に吸いついてくる。

「隆義兄さんにいじめられてかわいそうだね。オレが、未紘を慰めてあげる」

横から衛太が未紘の顔を覗《のぞ》き込み、唇を奪った。

「……ん……、ふ……ん、ん、んぅ……」

息苦しさに鼻先から喘《あえ》ぎ混じりの熱い息が漏れる。ねっとりとした長い舌が絡まされるたびに、快感に疼《うず》いた身体がビクビクと跳ねてしまう。

「私以外に抱かれても満足できない身体にしてやる。……覚悟していろ」

熱い吐息を漏らしながら、隆義は未紘の耳朶《みみたぶ》を甘噛《あまが》みした。ジンジンと痛む耳朶に舌を這《は》わせながら、たっぷりと精液が注がれてトロトロに熟《な》れた肉洞を、縦横無尽に突き上げてくる。乱れた熱い吐息が、耳朶に吹きかかると、きゅんと切なく襞が収斂《しゅうれん》した。

「あ、ん、んぅ……っ、ふぁ……ンンッ」

ドクドクと脈打つ雄に押し広げられた淫唇《いんしん》が、切なく震える花芯《かしん》を圧迫して、甘い疼きをいっそう迫《せ》り上げてくる。

喉《のど》の奥から昂ぶる欲求を満たすように、衛太の熱い舌が口腔《こうこう》を嬲《なぶ》り、硬く尖《とが》った乳首を、なんども擦りつけていく。今まで快感を知らなかった初心《うぶ》な身体が、激しすぎる悦楽に、熱く蕩《とろ》けてしまいそうになった。

「……あ、あ、あぁ……っ」

突き上げられるたびに、乳首の硬く尖った胸の膨らみが上下に揺れる。そのたびに引き攣《つ》った乳首が疼いてしまって、悶《もだ》えるように腰を揺らしてしまっていた。

「ん、んぅ……っ、ふ……、あ、あぁ……も……、もう……私……」

硬く脈動する剛直が、下肢から未紘の中心を力強く揺さぶってくる。汗ばんだ背中を仰け反らせ、陶然とした表情で、唇を震わせた。すると、背中を伝う汗の珠を、陸が舐《な》め取っていく。

「透けるように白い肌がとても綺麗《きれい》だ。……見てるだけで、興奮する」

熱く膨れ上がった亀頭《きとう》が上下して、グチュヌチュと粘着質の卑猥《ひわい》な水音を立てながら抽送していく。身悶える未紘の顔を強引に横に向けさせて、衛太が唇を塞いできた。

「ん……、んぅ……っ」

なんども角度を変えながら、衛太は蠢《うごめ》く舌を絡みつけてくる。

「……はふ……っ、ん、ぅ……っ」

未紘が甘い喘ぎを漏らすと、隆義は弟たちに対抗するように未紘の乳首を指の腹で、クリクリと嬲り始めた。

感じやすい場所を、同時に嬲られ、もはや未紘は快感を享受しきれずに、咽《むせ》び啼《な》くしかできない。

「あ、あ、あ、あぁっんんっ！　んんぅ……！」

隆義の硬く灼《や》けた楔《くさび》をなんども穿たれながら、次第に断続的な喘ぎを漏らす未紘に、衛太が甘く囁《ささや》く。

「オレたちに一緒に住めっていうなら、未紘もここに来てよ。……毎日、こうしていっぱい気持ちよくしてあげるから」

初めて心から欲情したという彼らの熱は、なんど吐精しても冷めることはなかった。

未紘は朦朧《もうろう》とする意識のなか、明け方近くまで淫《みだ》らな熱に翻弄《ほんろう》され続けていた。

＊＊　＊＊　＊＊

――長い夢を見ていた気がする。瞼《まぶた》を開ければ、そこはきっと幼い頃から住んでいたアパートで、たったひとりで朝食の準備をすることになるのだろう。

目覚めたくない。まだもう少し、柔らかな羽根布団に包《くる》まれて、微睡《まどろ》んでいたい。

そんなことを考えていたときに、ふと違和感を覚えた。

羽根布団。未紘の部屋には、そんな大層なものなどなかったはずだ。どうして自分は今、こんなにも寝心地のいい布団に包まれているのだろうか。

「いい加減起きないか。いつまで寝ているつもりだ」

いきなり厳しい声音で叱責《しっせき》された。

「ん……？」

小さく身動《みじろ》ぎして、軽く息を吸い込む。そして睫毛《まつげ》を震わせる。

「あ、未紘。起きた？」

いきなり足元が重くなる。誰かが未紘の足元に跨《また》ってきたらしかった。

「おはよう、おねぼうさん。……もう昼だけど、こういうときはなんて言えばいいのかな？ Hi. You wake up? 気分はどう？」

くしゃりと前髪の辺りを撫《な》でられて、心地よさに溜息《ためいき》が出た。

「……う……ん……」

そうして重い瞼を開くと、見目麗しい三人の青年たちが、自分を見つめていることに気づいた。伊勢知の三兄弟たちだ。

「……っ！」

身体を起こしたとき、ツキツキとした膣孔《ちつこう》の痛みと、軋《きし》むような身体のだるさと、秘裂の奥からジュクリと粘着質の液が溢《あふ》れる感触に苛《さい》なまれる。

「あ……、あ……」

昨日のことは、すべて夢だと思っていた。いや思いたかった。だが、現実なのだと自分の身体が告げてくる。昨夜確かに、彼らに抱かれてしまったのだ。しかも三人同時に。

未紘は羽根布団ごと下肢を押さえて俯《うつむ》いてしまう。羞恥《しゅうち》のあまり顔をあげられなかった。小刻みに震えるしかできないでいると、衛太が耳打ちしてくる。

「おもらししちゃった子供みたいな顔してどうしたの？」

そんなはしたない真似なんてしていない。だが、三人からたっぷりと注ぎ込まれた精が、抑えられないぐらい溢れてしまっている。

「未紘さん。ごめんね。身体は綺麗にしておいたんだけど……。そこは、意識もないのに指を挿《い》れて掻《か》き出すわけにもいかないし……」

確かに身体は綺麗になっていた。汗や精液に塗《まみ》れていた身体を、どうやら陸が清めてくれていたらしい。

「嘘を吐け。昨夜最後に未紘君を抱いたのは、陸お前だからな。どうせ孕《はら》ませようとして、わざと放っておいたのだろう」

忌々しげに隆義が告げると、陸は華が綻《ほころ》ぶように、ふわりと笑ってみせる。

「なんのことか、わからないな」

どうやら隆義の言っていることは、間違いないらしい。

未紘はますます恥ずかしくなって、瞼をギュッと閉じてしまう。

「……もう……、……私……お嫁に……」

未紘は、未経験どころか、男性に身体を見せたこともなかった。その清らかだった身を、三人の男たちから同時に押し開かれ、さらには身体中を指と舌で探られたのだ。

こんな辱めを受けては、もう普通の結婚なんて出来ない。

「もしかして、『昨日みたいな真似をされて、もうお嫁にいけない』って言いたいの？」

不思議そうに衛太が尋ねてくる。図星を指されて、未紘は返す言葉もない。

「なんのために、私たちが同時に抱いて比べさせたのかわかっていないみたいだな」

話を聞いていた隆義は、呆《あき》れた様子で溜息を吐く。

「あなたの結婚相手を、僕たちのなかから決めてもらうためだったんだよ。忘れたの？」

陸の綺麗な指先が、未紘の頤《あご》を掴《つか》んで顔をあげさせた。すると、自分を凝視する彼らと目が合ってしまい、顔が熱く火照《ほて》ってしまう。

初めての経験だったのだ。誰がどうだったかなんて、わかるはずがない。

未紘は陸の手を退《ど》けようとしたが、彼の手は離れない。それどころか、顔を近づけられて唇を塞《ふさ》がれそうになる。それを未紘の唇を掌《てのひら》で覆うことで、隆義がとめた。

「その先は、夫に選ばれた者だけだ」

どうやら未紘は、この三人のなかから、是が非でも夫を選ばなければならないらしい。

「僕たちを拒絶したら、うちのお父さんが執拗《しつよう》に迫ってくるだろうけど、いいの？」

伊勢知長嗣だけは、この世でもっとも夫にしたくなかった。母の身代わりにされるのは堪えられない。挙句に自分が男性嫌いになった原因だったのだ。それがわかった今、彼の妻になどなれない。

「オレにしておきなよ。大切にしてあげるよ。おいしいものもたくさん食べさせてあげる。オレの趣味は料理だからね。料理のできる夫って、お得だと思わない？」

確かに衛太の作る料理はおいしかった。思わず心惹《こころひ》かれていると、対抗意識を燃やした陸が囁いてくる。

「未紘さんが僕と結婚してくれたら、世界中の誰もが振り返るぐらい綺麗にしてあげる。……まあ、他の男がどれだけ振り返ったところで、あなたは僕だけのものなんだけど」

陸は女性を綺麗にするプロフェッショナルだ。もしも彼の妻になったなら、望むままの美しさを得られることだろう。

「金でどうとでもなる誘いになど、耳を貸さなくていい。……私を選ぶなら、お前だけのために毎日たっぷりと最上級のサーヴィスをしてやる。もう昨日のように初心者用に手加減などするつもりはない。お前のいやらしい身体を満足させられるのは、私だけだ。選ぶべくもないだろう」

生真面目で清廉な隆義が、自分に傅《かしず》く姿をつい想像してしまい、恥ずかしくなる。脳裏を過《よぎ》ったのは、獣のような彼の性交だ。あれで手加減されていたなら、本気で抱かれれば、自分はどうなってしまうのだろうか。

「それで？　キミはオレたちのなかから、誰を夫にするの」

三人に囲まれたまま、未紘はおろおろとしてしまう。確かに自分にはもったいないほどの結婚相手だ。富豪の息子に生まれ、一見すると迷いも苦労もなさそうな彼らが、悩み苦しんでいることを知った今、男の人が苦手だからということは理由にならない。それに彼らとは、生き方が違う。釣り合わないと言っても、赦《ゆる》してもらえないのでは、拒絶のしようもなかった。

なによりも熱い眼差《まなざ》しで見つめられ、甘く囁かれるたびに、ひどく胸が高鳴ってしまっている自分がいた。たぶん気づかぬ間に、惹かれてしまっていたのかもしれない。

だが、彼らのうち誰かを選べと言われても、やはり決めることなんてできなかった。

「わ、私……、やっぱり今も選べなくて……、ごめんなさい……」

なんの取り柄もない自分に彼らは、秀で過ぎている。未紘には、選ぶ権利などない気がした。きっと自分なんかよりも、相応《ふさわ》しい女性が現れるはずだ。

「どういう意味なの？　もしかして……」

怪訝《けげん》そうに陸が尋ねてくる。

「皆さんは、身体の反応に釣られているだけで、……本当に私を好きなわけでは……」

自分自身のことを好きでもない相手に、初めてを奪われたのだと思うと、泣きたくなってくる。

「自分のことを好きでもない男とは、結婚できないと言いたいのか？」

未紘が頷《うなず》くと、足元に跨っていた衛太が前のめりになって顔を近づけてきた。

「それなら、オレにしなよ。キミのこと大・大・大スキだし。ね、決まり」

嬉々《きき》とした様子の衛太に、未紘は目を丸くしてしまう。

「待って。衛太よりも、僕の方があなたを愛していると思うよ。一緒にいて安らげるのは未紘さんだけだ。……僕もあなたにとって、居心地のいい相手になれるように努力する。だから、一生傍にいてくれないかな」

ベッドの右脇に座っていた陸が、甘い声音で囁《ささや》いてくる。

「人の気持ちを勝手に決めつけるな。どうして私が、欲望だけでお前を選んだと決めつけているんだ。愛していると言われたいのか？　くだらない。美辞麗句ぐらい好きなだけ与えてやる。……それ以上に、幸せにしてやるから、私を選べ」

初めて未紘に出会ったとき、女として最低だと罵倒《ばとう》していたはずなのに、どうしてこんなことになってしまっているのだろうか。

「そんなこと、言われても……」

男性とつき合ったこともない身だ。どうやって選んでいいのか解らない。

「私は身を引くつもりはない」

「オレだってそうだよ」

「僕は選ばれなくても、一生諦《あきら》めるつもりはないから」

口々にそう告げてくると、彼らはお互いに睨《にら》み合っていた。

「喧嘩《けんか》しないでください。……いつか……ちゃんと、選びますから……」

とりあえずアパートに帰って落ち着こうと思った。身体の節々が痛く、腰が抜けそうなほど重たかったが、這《は》うようにして逃げようとした。

――しかし。

「どこに行くつもりなのキミ」

見ている者がうすら寒くなるような笑みを浮かべて、衛太が尋ねてくる。

「今日は、……か、……帰るんです……」

ここに居ては、昨日の淫《みだ》らな行為の数々を生々しく思い出してしまう。お願いだから、もう解放して欲しかった。

「蹴《け》っただけでドアが開きそうなお前のボロアパートなら、すでに引き払っておいた」

当たり前のように隆義が言い放つ。傍若無人な行動に、目を瞠《みは》った。

「……どうして、そんなことを……」

いったい、これから未紘はどうやって生活すればいいのだろうか。

「あんなところに女の子ひとりで住むなんて危ないって。こっちが心配になっちゃうよ」

「伊勢知の邸《やしき》に部屋を用意したから、問題ないよ。……それに僕たちも、ここに帰ってくることにしたから」

兄弟たちは、父や兄弟を目障りに思い、全員が十年以上前から邸を出ていたらしい。

「家族でここに住んで仲よくしろと言ったお前が、不思議そうな顔をするな」

確かにその通りなのだが、彼らの心の傷は深そうだったのに、いったいどんな心境の変化なのだろうか。

「お前が夫を選べないというのなら、選ばせてやる。そのためだ」

なにか嫌な予感がした。こんなときの勘は、いつも悲しくなるほど当たってしまう。

「オレたち日替わりで未紘を独占することにしたから、一週間は七日あるから、最後の一日は、昨日みたいに三人でしようか。比べやすくていいよね」

日替わりとはどういう意味なのだろうか。

未紘は呆然《ぼうぜん》としていたが、陸が耳打ちしてくる。

「毎日順番にあなたを抱くってことだよ」

そして、七日に一度は昨日のように三人がかりで抱かれることになるらしかった。

「む、む、無理ですから……」

あわあわと逃げようとするが、男たちにベッドを取り囲まれた状態で逃げ場などない。

「お前が決められないなら、天運に任せるしかない。最初に身ごもった相手が夫だ」

無茶苦茶だった。このままでは毎晩淫らな真似をされて近いうちに孕《はら》まされてしまう。

結婚すら未紘は了承していないのを、彼らは忘れているのではないだろうか。

「大丈夫だよ。……あなたがもし他の男の子供を身ごもって結婚したとしても、それぐらいで、僕は諦める気なんてないから」

「そうそう、間違って兄さんたちの子供を孕むようなことになっても、次はオレとの赤ちゃん作ってあげるからね」

紛れもなく彼らは、母に生涯結婚を申し込み続けた伊勢知長嗣の息子だった。

執着の度合いが、尋常ではない。

「普通の健全なお付き合いをして、考える時間をいただくのではいけませんか⁉」

まだ出会って間もないはずだ。結婚なんて性急過ぎる。こんな風に、三人がかりで身体を押し開く必要などなかったはずだ。もう少し待ってくれても良かったのに。

「そんな時間を与えていたら、こいつらは抜け駆けしてお前をいつの間にか孕ませるに決まっている」

「隆義兄さんに言われたくないな。自分だって、好き勝手やるつもりだったクセに」

「普通の男がライバルなら、そうする。でも……お兄さんや衛太は信用できない」

離れて暮らしていたはずなのに、兄弟たちはお互いのことを誰よりも理解しあっているらしい。仲良きことは美しいが、そこに巻き込まれた未紘は大変だ。仕事に行くと言って逃げ出したいところだが、あいにく今日は土曜日。会社の休みの日だった。

「未紘。お腹すいたよね？　おいしいご飯作ってあげるから、一緒に食べよう」

「髪を整えてあげるから、こっちにおいで。服も選んであげるよ」

未紘に甘い言葉を囁いてくる弟ふたりをじっと見つめていた隆義は、仕方なさそうに溜息《ためいき》を吐くと言った。

「おい。……今日は特別に私の経営するアミューズメントパークに連れて行ってやる。VIP待遇だからな。並ばなくても入れる。騒がしいところが嫌いなら、水族館や植物園もあるぞ」

隆義の言葉を聞いた陸と衛太は驚愕《きょうがく》した様子で、しばらくの間黙り込んでいた。

「隆義兄さんが、娯楽に連れて行くって言った？」

「ああ、僕も聞いた。聞き間違いじゃない」

「オレ、昔から仕事と勉強しているところ以外、ほとんど見たことないんだけど。天変地異の前触れ？」

ひどい言われようだが、隆義は反論もせずに、どこか気まずそうに頭を掻《か》いている。

「うるさい。今日は特別だと言っているだろう」

「隆義兄さん。オレも一緒に行きたいっ！」

嬉々として衛太が立候補してくる。

「デートの邪魔をしようとするな。お前は来なくていい」

隆義と衛太は、言い合っているが、傍目《はため》には仲よくじゃれ合っているようにしか見えない。その様子を、陸はどこか羨《うらや》ましそうに見つめていた。

「陸さんも、一緒に行きませんか？　みんなで遊んだらきっと楽しいですよ。ほら、遊園地の乗り物って二人乗りのものが多いですし」

未紘が声をかけると、陸はパッと顔を輝かせた。

「おいっ。勝手に他の男を誘うな」

不機嫌な様子で隆義が文句を言うが、それを無視して衛太が声をあげる。

「行こうよ！　友達とは行ったことあるけど、兄さんたちと遊びに行くなんて初めてだな。オレのお勧めの順番で回っていい？　未紘、シナモンがたっぷりかかったアップルデニッシュを食べようね。あとチュロスとキャラメルポップコーンも！」

「お前の会社が提供している食べ物ばかりじゃないか。未紘君はうちのホテルのティールームに連れていく。そんな下賤《げせん》なものは食わさん！」

ふたたび喧嘩を始めたふたりをよそに、陸が耳打ちしてくる。

「僕はお兄さんのアミューズメントパークに行くのは初めてなんだ。……一緒に回ってくれる？　未紘さん」

そういえば陸は、呼び出されでもしない限り、隆義と衛太の経営する店に行かないようにしていたはずだった。

こうして少しずつでも、関係が改善していけばいい。心からそう思う。

「ちょっと！　抜け駆け禁止。ちゃっかりなに未紘に耳打ちしてるの陸兄さん！」

——今日は愉《たの》しい休日になりそうだった。

＊＊　＊＊　＊＊

「おはよう……ございます」

まだ眠い目を擦《こす》って、ダイニングに降りて行くと、そこでは紅茶の芳《かぐわ》しい香りが漂っていた。

「おはよう、未紘。ちょうど朝食が出来たところだよ。座って」

部屋の入り口まで迎えに来た衛太が、未紘の手を取って席にまで案内してくれる。

「昨日の夜も、すごく良かった。次にひとり占めできる日が楽しみでしょうがないよ」

そっと耳打ちされて、恥ずかしさのあまり目が冴《さ》えてしまう。

「朝から卑猥《ひわい》な話をするんじゃない」

未紘の隣に座っていた隆義が、ムッとして衛太を叱責《しっせき》した。

「衛太は顔に似合わず執拗《しつよう》だよね。……衛太の日は、朝方まで未紘さんの声が聞こえてきて、いつも眠れない」

今までそんな話を聞いたことはなかった。まさか声が漏れているとは思わなかった未紘は真っ赤になって俯《うつむ》いてしまう。

「若さってヤツだよね。ごめんね。兄さんたちよりも回復早くって」

お願いだから、その話はよして欲しかった。居たたまれなくて、目を泳がせたとき、皆の座っている席の前には、同じ料理が並んでいるのが見えた。

伊勢知の邸でも、衛太は兄弟たちの分まで、食事を作るようになっていた。

彼にとっての家族団欒《だんらん》の証《あかし》。そのことがひどく嬉《うれ》しい。

未紘が思わず顔を綻《ほころ》ばせたとき、大勢の足音が聞こえてくる。

「……？」

いったい何なのだろうか。未紘は不思議に思って首を傾げる。しかし、三人の兄弟たちは、足音の正体に気づいているらしかった。皆一様に顔を顰《しか》めている。

「おはよう。未紘ちゃん。パパだよ！」

勢いよく扉を開いたのは、総理大臣伊勢知長嗣だった。後ろには何人もの黒服やスーツ姿の男性を連れている。大勢の足音がしたのは、彼のSPや秘書がついて来ていたせいだったらしい。

「首相官邸にお帰りください」

厳しい声音で隆義が言い放つ。

「なにしに来たんだよ。親父」

面倒くさそうに衛太が尋ねる。

「確かに今日は休日だけど、お父さんは首相官邸に居た方がいいのでは？」

言い方は違えど、陸の言っていることは他のふたりと同じだ。

「かわいい愛娘《まなむすめ》に会いに来てなにが悪いのかな。未紘ちゃんには、私の妻になってもらうはずだったのに、横からかっさらった悪い子たちに文句を言われる筋合いはないよ」

まだ結婚していない身なので、未紘はまだ長嗣の娘ではない。だが、ここに住み始めたときから、長嗣からは実の娘のような扱いを受けていた。

今日もお土産があるらしく、長嗣はケーキの箱を差し出してくる。

「はい。未紘ちゃんはここのケーキが好物だろう？　どうぞ。好きなだけ食べなさい」

長嗣の差し出したケーキの箱は、未紘の好きなパティスリーのものだ。しかし、そのことを彼に告げた覚えはない。長嗣に初めて会ったとき、お供えにもらった母の好物の羊羹《ようかん》を思い出す。あれも長嗣は知るはずのないものだったのに、なぜか彼は知っていたのだ。ケーキの箱を見つめていると、次第に冷や汗がでてくる。

「残念。この邸《やしき》で未紘の口に入るものは全部オレがつくるつもりなんだ。いらないから持って帰ってよ」

衛太がそう言って、箱を押し返そうとした。

「今日は一緒に出かける予定だ。ケーキは無駄になる。秘書にでもやればいい」

隆義がさらに言ってのけると、陸がじっと未紘を見つめてくる。

「それを食べると、また体重が元に戻ると思うけど。いいの？」

せっかく自分のために買ってきてくれたものを無下になどできない。ケーキを前にオロオロとしていると、長嗣が溜息を吐く。

「こんな陰険な息子たちに囲まれている未紘ちゃんが心配だ。任期を終えて、私がこの邸に戻ったら、ちゃんと守ってあげるから、安心するんだよ」

長嗣はじっと未紘の顔を見つめると、微笑んでみせる。

「そういえば未紘君は、義父が総理大臣だなんて、カッコいいと褒めていたな」

真顔で隆義が嘯《うそぶ》く。断じて未紘はそんなことを言った覚えはない。目を丸くしていると衛太が続けた。

「言ってた言ってた。日本の総理大臣なんて、国にたったひとりの存在だもんね。すごいって言ってたよね、未紘」

確かにすごいと思っているが、身に覚えのない話に狼狽《ろうばい》してしまう。

「え、あ、あの……っ」

未紘が目を丸くして彼らの顔を見比べていると、陸がさらに念を押してくる。

「お父さんが国の経済を完全に再生できたら、自分だけではなく日本中の国民が幸せになれる。ずっと続けて欲しいって未紘さんは言ってたよね」

三人揃って一言も淀《よど》むことなく、さらりと嘘を吐けることに驚いてしまう。

「未紘ちゃん。そんな風に私のことを考えてくれていたのかい。……パパは頑張るから、これからも応援していてくれるかい」

長嗣がそう言って未紘と握手しようとするのを、兄弟たちは揃って遮る。

「親父。だから来期も出馬した方がいいって。未紘も応援しているんだからさ」

「そうだな。この国の景気を上向きにできるのは、ひとりしかいないだろう」

「お父さん、頑張って。未紘さんも僕たちも心から応援しているから」

息子たちの口車に乗せられ、長嗣は意気揚々と首相官邸に帰って行った。どうやら少しでも仕事をこなそうとしているらしい。

「これでしばらくは安泰だな」

「そうそう親父ってば、義父の立場を利用して未紘に夜這《よば》いをしかねないもんね」

いくら夜這いをしようとしても、毎晩兄弟たちの誰かが隣に眠っているのだから、淫《みだ》らな真似などできるはずがない気がする。

「ライバルは少ない方がいい。……むしろいない方がいい」

三人からちらりと視線を向けられ、未紘は息を飲む。

「あの……、な、なにか……？」

彼らが話をしている間に、ひとりで先に食事を終えていたのだが、なにか問題があったのだろうか。

「ぜんぶ食べ終わったんだ？」

「はい、ごちそうさまでした」

いつ通り、衛太の作る料理はおいしい。自分も見習わなければならないのだが、火が危ないからと厨房《ちゅうぼう》に立たせてくれないのだから向上のしようがない。

「今日は、四人で愛し合う日だね」

食後に紅茶を啜《すす》ろうとしていた未紘は、吹きだしてしまいそうになる。

「仕事も休みだしな。時間はたっぷりある」

最近まで、隆義は休日も休もうとはせず、働き続けていたらしい。それなのに、未紘が邸に来てからは、休日どころか休暇までとるようになっていた。

「お腹がいっぱいになったなら、腹ごなしに運動をするのも、いいんじゃないかな」

コクリと息を飲んだ未紘は、自分の食べ終わった食器を持って片づけに行こうとした。

「読みかけの本があるので、失礼しますっ」

しかし、手にしていた皿が衛太に取り上げられてしまう。

「片づけぐらいさせてあげないと、使用人たちに給料を払っている意味がないから、置いておきなよ」

隆義の力強い腕が回され、未紘の身体がお姫様抱きでかかえられた。

「本なら後で読めばいい。行くぞ」

未紘の座っていた椅子を丁寧に直しながら、陸が思い出したように呟《つぶや》く。

「そういえば、……そろそろ排卵日だよね。……妊娠の確率があがるね。いつもより頑張ってみようかな」

「それはいいことを聞いた」

「孕《はら》ませられた男が、未紘の最初の夫になるんだから、本気でかからないとダメだね」

陸の話を聞いた隆義と衛太も、目を輝かせる。

お願いだから、頑張らないで欲しかった。性欲の強い男たちに、三人がかりで本気で抱かれたら、きっとおかしくなってしまう。

「……て、手加減してください……。わ、私……、」

涙目で訴えかけるが、彼らは惚《ほう》けたような眼差《まなざ》しで未紘を見つめ、息を飲むだけだ。

「そんな顔見せられて我慢するなんて無理」

「明日《あした》の担当のヤツに加減してもらえ」

「手加減？『手』よりもいっぱい『舌』でして欲しいってこと？　いいよ。好きなだけしてあげる」

二十年近く仲違《なかたが》いしていたとは思えないほどの兄弟連携だ。

「いじわるしないでくださいっ！」

泣きそうになりながら訴える。すると、彼らは首を傾げた。

「かわいがってるだけだよ？」

「愛を疑われるなんて心外だな」

「抱かれ足りないんだろう。満足させてやればいい」

身勝手なことばかり告げてくる兄弟たちに、未紘は驚愕《きょうがく》の眼差しを向けた。

――そうして主人の不在だった伊勢知の邸には、生贄《いけにえ》の子羊の抗議をよそに、明るく楽しい家族関係が出来つつあった。

子羊《こひつじ》は金曜《きんよう》の食卓《しょくたく》で

仁賀奈《にがな》

平成25年 11月25日　初版発行

発行者●山下直久

発行所●株式会社KADOKAWA
〒102-8177　東京都千代田区富士見2-13-3
電話 03-3238-8521（営業）
http://www.kadokawa.co.jp/

編集●角川書店
〒102-8078　東京都千代田区富士見1-8-19
電話 03-3238-8555（編集部）

角川文庫 18244

印刷所●旭印刷株式会社　製本所●株式会社ビルディング・ブックセンター

表紙画●和田三造

ISBN978-4-04-100900-0　C0193